mc *Melhores Contos*

Marcos Rey

Direção de Edla van Steen

 Melhores Contos

Marcos Rey

Seleção de Fábio Lucas

© Marcos Rey, 2001

2ª Edição, 2001
1ª Reimpressão, 2006

Diretor Editorial
Jefferson L. Alves

Assistente Editorial
Alexandra Costa da Fonseca

Assistente de Produção
Flávio Samuel

Preparação de Texto
Alexandra Costa da Fonseca

Revisão
Alexandra Costa da Fonseca
Marcos Paulo de Oliveira

Editoração Eletrônica
Antonio Silvio Lopes

Dados Internacionais de Catalogação na Publicação (CIP)
(Câmara Brasileira do Livro, SP, Brasil)

Rey, Marcos, 1925-1999
  Melhores contos Marcos Rey / selecionador Fábio Lucas. – 2. ed. – São Paulo : Global, 2001. – (Melhores contos)

  ISBN 85-260-0593-6

  1. Contos brasileiros I.Lucas, Fábio, 1931- II. Título. III. Série.

98-2152   CDD–869.935

Índices para catálogo sistemático:
1. Contos : Século 20 : Literatura brasileira 869.935
2. Século 20 : Contos : Literatura brasileira 869.935

Direitos Reservados

Global Editora e Distribuidora Ltda.

Rua Pirapitingüi, 111 – Liberdade
CEP 01508-020 – São Paulo – SP
Tel.: (11) 3277-7999 – Fax: (11) 3277-8141
e-mail: global@globaleditora.com.br
www.globaleditora.com.br

Colabore com a produção científica e cultural. Proibida a reprodução total ou parcial desta obra sem a autorização do editor.

Nº DE CATÁLOGO: **1832**

Fábio Lucas é crítico literário e professor, tendo lecionado em cinco universidades brasileiras, sete norte-americanas e uma portuguesa. Presidente da União Brasileira dos Escritores, Membro da Academia Paulista de Letras.

Autor de trinta e duas obras, entre as quais *O caráter social da ficção do Brasil* (Ática, 1987); *Vanguarda, história e ideologia da literatura* (Ícone, 1985); *Do barroco ao moderno* (Ática, 1989); *Mineiranças* (Belo Horizonte, Oficina de Livros, 1991) e o infanto-juvenil *A mais bela história do mundo* (Global, 1996).

MARCOS REY,
ARQUITETO DO CONTO BEM URDIDO

As aventuras sempre foram do agrado do público, principalmente quando imaginosas e bem tramadas. As novelas de ação encantam os leitores. O romance de cavalaria levou a imaginação ao delírio, a ponto de ultrapassar os limites do possível, quebrando a verossimilhança. E o romance de folhetim padeceu do excesso de fantasia. As peripécias de Rocambole, personagem de Ponson de Terrail, deram nascimento ao termo "rocambolesco" para designar o desmesuradamente imaginoso, extravagante, pleno de efeitos extraordinários.

O desenvolvimento da narrativa psicológica, no século passado, impôs limites às agitações externas, pormenorizando movimentos interiores ao retratar o drama da consciência. A exploração da vida íntima acabou por matar o enredo tecido de ramificações e, muitas vezes, caiu na armadilha do relato sem história, quase exercício declamatório.

O ponto ideal, hoje, consiste em combinar o sortilégio da trama bem articulada com a análise do comportamento mental da personagem. O passo seguinte é ter a aventura com densidade psicológica, dentro de uma tradição narrativa que ponha o leitor diante das indagações imperecíveis do ser humano. Aqueles traços que melhormente se condensam nos mitos e nas análises do que há de fatalidade na conduta do herói.

Podemos assinalar que Marcos Rey se tornou mestre da narrativa que aprisiona o leitor nos primeiros momentos do relato, pois, logo após a parte introdutória, já se denunciam os primeiros nós ou os primeiros mistérios. Cativada a atenção do destinatário do conto, adensa-se a história, complica-se. Muitas vezes, o relato se realiza nos altiplanos da indagação metafísica. É o caso do conto "Sonata ao luar", que apresenta o nascimento de uma paixão equivocada. Mesmo consciente do engano em que se deixa mergulhar, a personagem central tenta prolongar o clima de ilusão.

Em dado momento, a consciência do herói decaído ainda se expande numa confissão dramática, abordando o *leitmotiv* dos grandes boêmios, a solidão: "Queria que a sua Rosa Maria não ficasse apenas no mundo dos sons, que se instruísse e procurasse conhecer através das letras as grandes dores dos homens, entre elas a dor maior, a da solidão."

Aliás, um dos vezos das personagens de Marcos Rey, é certa inclinação ao apuro do espírito, às letras, geralmente reconhecidas em citações e referências livrescas. Até o inescrupuloso herói de "Mustang cor-de-sangue" tinha veleidades literárias.

Outro não é o enredo de "Traje de rigor" senão o estudo dramático da solidão, outra obra-prima de Marcos Rey. O conto guarda um aspecto de tragédia grega, em que forças obscuras e misteriosas tomam as rédeas dos acontecimentos, como se fossem a figuração do Destino.

Aliás, Marcos Rey lida com arquétipos da narrativa moderna: a disponibilidade existencial das personagens, sempre prontas para uma aventura, de preferência noturna; o companheirismo fácil, sem vínculos profundos entre homens irresponsáveis e ambiguamente ternos; a solidão amorosa; a mobilidade do lar para a rua e a volta ao lar como abrigo ou refúgio, fuga do impasse; as paixões sem saída, simulacro de armadilhas. Outro aspecto a salientar na obra de Marcos Rey é a tendência de criar personagens recorrentes, herança talvez do folhetim. Assim, os nomes Otávio e Gianini estão em "Sonata ao luar" e em "Traje de rigor", ao passo que Otávio aparece em "O casarão amarelo" e Gianini em "O guerrilheiro".

Sobre os diversos recursos que favorecem o andamento da narrativa, Marcos Rey adiciona um tempero: o humor que chega às raias do sarcasmo. Seu narrador costuma interferir no relato, espalhando desordem e alegria.

A propósito, seria de se ilustrar o modo, entre bem-humorado e irônico, com que o narrador lida com os motivos livres, quando a personagem passa a explicar-se, avançando noções de sua filosofia de vida.

Acumulam-se observações de cunho irônico e chegam a ponto de o sarcasmo beirar o grotesco. O efeito humorístico é instantâneo. A reação imediata do leitor é a gargalhada. Em outras circunstâncias, baixa o espírito crítico, pois, com a observação risonha o narrador desmonta o que há de mecânico ou postiço na condição humana.

A ficção de Marcos Rey abriga o surgimento inesperado de secretos desejos ou meros exercícios de uma liberdade momentânea. Veja-se o conto "O locutor da madrugada". Sob o aspecto de exploração de um anseio absurdo, em perfeita linha de quebra da expectativa moral, que aflora num instante de perturbação psíquica, o conto não deixa de ser machadiano. Machadiano com maior liberdade quanto à *mise-en-scène*.

A busca da mulher e a luta pelo domínio de seu enigma povoa as composições de Marcos Rey. Chega a ser um dos estímulos bem explorados de sua ficção. Cite-se o conto "O casarão amarelo".

O método ideal da narrativa do autor consiste em narrar em primeira pessoa, o que ocorre em textos apresentados nesta coletânea. Somente os contos "O locutor da madrugada", "Sonata ao luar" e "O guerrilheiro" são registrados na terceira pessoa. Assim, a determinação da personagem e seu ponto de gravidade residem no relato em primeira pessoa.

O que há de admirável neste conjunto de contos é o acerto entre as propostas narrativas e o apuro da linguagem. Além da coerência discursiva, que se manifesta até na temática, uma São Paulo noturna, povoada de malandros, pequenos golpistas e prostitutas, tem-se a individualidade estilística, pontilhada de sedutoras anotações bem-humoradas. Acrescido ao prazer da trama, o leitor poderá divertir-se com a arquitetura verbal. Afinal, os contos de Marcos Rey colhem um público diversificado, numeroso e inteiramente cativo de seu sortilégio.

Fábio Lucas

CONTOS

SONATA AO LUAR

Foi ela quem olhou primeiro, quem sorriu primeiro. Vinha como sempre com o violino e com o mesmo ar de cansaço. Otávio debruçou-se mais sobre o peitoril da janela do pequeno hotel para vê-la inteira. Se houvesse alguém na rua, contrairia os lábios, barrando o sorriso. A maldita timidez de todos os dias! Mas ela subia a rua sozinha, na direção da avenida, e pôde sorrir-lhe sem testemunhas. Num instante, a jovem passou por sua janela, não renovando o sorriso.

Era a quarta ou quinta vez que via aquela menina-moça passar diante do hotel, ao cair da tarde. Ele chegava do trabalho pouco além das seis, tirava a "roupa de briga" e, com o cigarro na mão e um cálice de uísque puro sobre o criado-mudo, ia respirar por um quarto de hora o ar da rua. Depois, então, ia jantar e preencher a noite. Geralmente espiava a rua sem ver nada. Uma forte miopia contribuíra para fazê-lo, desde a infância, um tipo introspectivo. Doíam-lhe os olhos se se pusesse a observar os detalhes das coisas. Mas, é claro, já se adaptara ao mundo de traços difusos e de manchas esbranquiçadas em que vivia. Provavelmente, a moça circulara embaixo de sua janela mais vezes e ele não notara. Ainda aquela semana, porém, vira com nitidez a saia-e-blusa que rumava para a avenida. Com algum enfado (corrigiu a impressão de cansaço), carregava a caixa de violino como se fosse estudar apenas para atender a uma imposição paterna. Chega a ser cruel a mania que certos pais têm de obrigar os filhos a estudar música. O pai de Beethoven foi um desses monstros. Criou um gênio, é verdade, mas deu ao mundo um ser profundamente infeliz. Os pais da mocinha deviam ser desse tipo.

Na segunda vez que a viu, Otávio pôde observar além do violino algo mais precioso: o rosto da pequena. Traços harmoniosos, muito doces, mas no olhar o acento vibrante e positivo. Pareciam dizer: "Nada temo da vida e aceito o seu desafio". Esse heroísmo juvenil que os olhos dela revelavam, uma espécie de serena determinação, fez Otávio alterar o que a princípio imaginara a seu respeito. "Creio que estava enganado, psicólogo e adivinho de meia tigela! É ela que estuda música, contra a vontade dos pais. Escolheu um caminho difícil (justamente por causa do desafio) e nada a tiraria dele. Nem o amor."

Impressionado com a moça, Otávio foi jantar mais tarde. Ficou largado sobre a cama a fumar e a tomar várias doses de seu uísque nacional, um dos raros luxos a que se dava. Publicitário e com acentuadas tendências literárias, gostava de imaginar estórias. Mas nem em imaginação era homem atrevido. Apenas se imaginava junto dela, sentados num bar tropical no topo duma montanha, donde se viam crianças, cachorros e nuvens. Conversavam sobre música: "O que você me diz de Sibelius e de Grieg? Aposto que gosta de Wagner. Algo me diz que é doida por Wagner. E Vila-Lobos? Conhece todas as suas peças?"

As paredes daquele bar e mesmo a montanha eram frágeis demais e logo se desmoronavam antes das respostas. A imaginação humana não resiste nem ao impacto do corpo antiestético dum besouro. E naquele quarto do hotel muitas das mais variadas famílias entravam pelas janelas. "Espero vê-la amanhã", desejava Otávio, vítima de certa obsessão que freqüentemente assalta os solteirões solitários que moram nos hotéis.

Na terceira vez ela sorriu a Otávio com a mesma tranqüila determinação com que ia às aulas de violino. O solteirão se inflamou e passou a fazer planos. Seus amigos da agência de publicidade e os boêmios da noite que conheciam sua vida independente o chamavam "o lobo solitário", alguns lidos acrescentavam "das estepes", a maioria, no entanto, sintetizava – o Lobo – crendo que o bom salário e a liberdade faziam dele um perigo para as mulheres. Lembrando-se do apelido, resolveu vestir a pele do lobo, mesmo porque fazia frio, e o espírito também sente frio. Foi encontrar-se com os amigos, entre eles o Gianini, o gorducho e atarracado Gianini, ex-cantor de ópera, homem duns sessenta anos que ninguém sabia como vivia, mas vivia, e com muito prazer.

– Estou de olho numa pequena – confidenciou na mesa do Minueto.

– Olho bom ou olho mau? – indagou Gianini. – Há também o olho gordo, que muitos põem em você porque é livre, desimpedido e ganha dinheirão com seus reclames.

– Não sei que tipo de olho – declarou Otávio. – Pode ser até que perca a cabeça e me case.

– Não casa, você é um lobo – profetizou Gianini.

Na tarde seguinte estava menos otimista. Seu estado de espírito variava muito. "Devo ter uns vinte anos mais do que ela. Pouco provável que tenha sorrido com alguma intenção. Sorriu apenas porque é dona de seu nariz e sorri a quem bem entender, já que se decidiu a desobedecer os pais, estudando música." Justamente na hora em que ela costumava passar, postou-se à janela, mais lobo do que gente, tendo tomado três uísques puros para desinibir.

Podia acertar o relógio por ela. Na hora de sempre, a moça despontou na extremidade da rua e a foi subindo com sua carga musical. Não devia ter muitos vestidos: abusava da saia e blusa, uma roupa colegial que atiçava por certo a sensibilidade de muitos lobos como Otávio. Dez metros antes de passar pela janela, começou a esboçar o sorriso. Ela também devia esperar por aquele momento: o de ver o moço do hotel, sisudão, que lhe dirigia sorrisos. Desta vez, olhou para trás. Fosse um tanto mais arrojado, e saltaria a janela, tentanto a abordagem. Preferiu, no entanto, deixar a empresa para o dia seguinte. Pensou no caso: não podia falar-lhe da janela. Teria que esperá-la na porta. Ou na esquina.

A manhã e a tarde do dia seguinte custaram a passar, embora Otávio tivesse muitos anúncios para entretê-lo, inclusive uma campanha inteira sobre um novo desodorante a ser lançado em todo o território nacional. Um desses produtos norte-americanos que já surgem aqui vitoriosos, repetindo a façanha publicitária de lançamentos anteriores nos Estados Unidos, em diversas nações latino-americanas, nas jovens nações africanas e na Alemanha Ocidental.

À saída, encontrou-se por acaso com Gianini:

– Vamos ao Minueto tomar uma meia-de-seda?

– Não posso.

– Por que não pode?

– Tenho compromisso.

– Sai, Lobo!

Foi ao hotel e, lá, para fazer hora, folheou velhos livros. Leu até algumas páginas da biografia de Liszt. Não queria apresentar-se à moça tão endurecido e materialista como era. Depois, saiu e fincou os pés na esquina, muito bem-vestido, com os cabelos e a barba na maior correção. Usava uma gravata nova em que muito confiava para dar mais ênfase aos seus atrativos. Não precisou esperar muito, felizmente. A moça do violino apareceu e, à distância, o notou; sorriu, mas sem a espontaneidade das outras vezes. Talvez censurasse a sua ousadia e preferisse vê-lo na janela, platonicamente na janela, tímido como Schubert, autor que por certo apreciava.

– Boa tarde! – cumprimentou-a numa voz de vinte anos.

A jovem parou diante dele. Até que enfim podia vê-la de perto. Sim, era bonita, embora lhe notasse pela primeira vez a pintura. Calculou, ainda, que teria alguns anos mais do que lhe parecera da janela.

– Hoje o senhor saiu à rua.

– Saí, como vê...

– O senhor mora naquele hotel?

– Moro – respondeu, tentanto dominar o nervosismo. Vendo que a ambos faltava assunto, ousou: – O que vai fazer agora? Podíamos conversar, caso tenha tempo.

Ela agitou a cabeça, negativamente:

– Hoje é impossível.

– Amanhã?

– Amanhã.

Uma onda de felicidade invadiu todo o corpo de Otávio e foi bater em sua boca movendo as pás dum largo sorriso.

– Não falta?

– Sou de palavra – ela confortou-o.

A moça já prosseguia o seu caminho quando ele perguntou:

– Como se chama?

– Rosa Maria.

A música fútil e romântica, dominical e transparente de Victor Herbert soou nos ouvidos do Lobo: *"Oh, Rose Marie. I love you!"* Música própria dos filmes que acabam bem, caprichosamente orquestrada e executada por profissionais regiamente pagos que assinam o ponto nos grandes teatros e nas grandes gravadoras, avessos às greves e sem reivindicações sociais. *"Oh sweet mistery of life..."* O resto da noite viveu reprisando na memória os instantes daquele breve encontro. Notara que a caixa do violino era um tanto velha e os sapatos de Rosa Maria deviam ter meses de uso. Sabia pintar-se, mas era pobre. Um tanto Anne-Claire de Valsari transportada para São Paulo no bojo dum avião a jato para alegrar a sua vida de solidão.

Foi encontrar-se com Gianini no Minueto. O velhote conversava com um camelô quando o viu. Despediu-se do camelô e agitou o braço.

– A pequena lhe deu o bolo?

– Adiou o encontro.

Gianini lhe beliscou as bochechas:

– Que lobo você é!

– É uma pequena direita – esclareceu Otávio. – Não a mereço.

– Mas claro que não a merece – replicou o velhote. – Peça meia-de-seda para mim.

Pediu duas e enfiou os cotovelos no estreito balcão daquele bar da galeria, a lembrar-se de Rosa Maria – já sabia o nome. Subitamente, apertou os braços do italiano com fúria.

– Olhe, sou capaz de me casar.

– Isso é bom – aprovou o velhote, sacudindo a cabeça.

– Se não der certo, me desquito. E daí?

– Desquitar? Também é bom – concordou Gianini, sempre gentil com as pessoas que lhe pagavam bebidas.

– E se ela não quiser casar, proponho amigação.

– Amigação? Pois isso também é bom.

Na manhã seguinte, Otávio chegou à agência antes de qualquer outro funcionário categorizado. Sobre a mesa estavam os textos do desodorante americano e um elegante frasquinho. Precisava achar um *slogan*, estruturar a campanha de imprensa, "bolar" os *outdoors*, a campanha de sustentação. Mas não tinha entusiasmo, impulso. Ficou até meio-dia sentado, a fingir que meditava.

No período da tarde pretextou uma forte dor de cabeça, passou no caixa para um vale e correu ao barbeiro. Loção e massagens. Abandonou-se na cadeira, uma revista nas mãos. Lá estava um anúncio duma casa de instrumentos musicais. Tudo correndo bem, compraria para Rosa Maria um violino novo, coisa fina. E também uma coleção de biografias de grandes músicos: Liszt, Verdi, Debussy, Wagner, Mozart. O artista faz mal quando se divorcia das letras. A literatura é o grande traço de união entre todas as artes, sendo ela também uma arte. Wagner sabia disso e os pintores do fim do século, como Van Gogh, Cézanne não viviam à roda de Zola e de outros escritores para lhes beber os ensinamentos? Queria que a sua Rosa Maria não ficasse apenas no mundo dos sons, que se instruísse e procurasse conhecer através das letras as grandes dores dos homens, entre elas a dor maior, a da solidão.

Gianini passava sempre no barbeiro da galeria. Não fazia a barba lá, mas passava.

– Saiu cedo hoje, Lobo!

– Já lhe disse que tenho um encontro.

– Ah, a moça... Não maltrate ela, Lobo. Dê-lhe dinheiro e conselhos. Passeie com ela no jardim, de mãos dadas. Ela gosta de sorvete, aposto. Compre-lhe sorvete.

Otávio sempre achava muita graça em Gianini.

– Não se preocupe com ela.

– O que ela faz? Baila?

– Musicista.

Gianini arregalou os olhos.

– Musicista, que beleza! A música, meu caro, é a coisa *più bella del mondo*. Sou cantor, como sabe, isto é, fui...
– E seguiu seu caminho cantando: – "Vesti la giuba"...

19

Pontual como um inglês e vestido com a correção dum inglês, Otávio dirigiu-se à esquina para o encontro com Rosa Maria. Para tortura sua, aquela tarde ela demorou um pouco, mas veio. Não em saia e blusa; usava um vestido inteiro azul, um tanto decotado, e trazia o violino. Mudara de roupa para o encontro, pois lhe atribuía um significado especial.

– Boa tarde, Rosa Maria...

Ela lhe estendeu a mão leve e quente:

– Tive medo de que não viesse.

– Eu não faltaria.

– Há pessoas que marcam encontros e não comparecem. Não gosto que me façam isso.

Otávio não podia imaginar que alguém tivesse marcado encontro com ela e não comparecido. Que insensível e cruel criatura lhe deixara aquela marca?

– Onde gostaria de ir?

– O senhor é que manda.

Otávio pensava em cinema e teatro, mas lhe ocorreu algo melhor:

– Você já jantou?

Os olhos dela se iluminaram:

– Sempre janto tarde, às vezes nem janto.

– Assim você emagrece!

– Como muito petisco por aí.

Havia um ponto de carro lá perto.

– Podemos ir a um bom restaurante. Você vai gostar.

– Perto?

– Não, um pouco longe.

– O senhor tem carro? Não tem?

– Apanharemos um táxi.

Seguiram até um ponto de táxi. Otávio escolheu um restaurante muito distante para prolongar o prazer do encontro. Mas somente ao sentir o carro partir é que se deu conta de sua ventura. Descuidadamente, ela viajava a seu lado, olhando pela janela. Parecia estar com o pensamento noutro tempo e noutro lugar. "Deve sofrer como a Anne-Claire de *Mompti*", pensou: "Basta o menor contato com uma pessoa, mesmo jovem, para se descobrir que ela sofre por alguma razão. Todos têm problemas." Olhou para a frente, não querendo encabulá-la, e aspirou o seu perfume sem classe. Antes do violino, teria de lhe dar um bom perfume, francês se possível, para enriquecer a sua presença. A certa altura, ela lhe olhou e dirigiu-lhe um sorriso curto, que ele retribuiu.

– Seu nome é Rosa Maria, não é?

Ela espantou-se:

– O senhor já me conhecia de outro lugar?

– Você me disse ontem.

Rosa Maria sorriu, lembrando-se.

– É verdade...

Como ela não lhe perguntava o nome, o que o aborrecia, disse-lhe:

– Eu me chamo Otávio.

– Otávio? Acho que já conheci um Otávio... – ela tentou lembrar-se.

– Um nome muito comum. O seu me lembrou logo Rose Marie, de Victor Herbert – disse ele, poético.

Rosa Maria fitou-o, alheia. Talvez não apreciasse o compositor, exigente demais no seu gosto artístico.

O restaurante, situado num dos melhores bairros da cidade, tinha excelente aspecto. Mais o Lobo do que Otávio, sabia que a ostentação é a forma mais correta de impressionar as mulheres. Principalmente nos primeiros encontros. Lembrou-se dum amigo que costumava ir buscar as namoradas de primeiro dia em carros emprestados ou alugados. Depois o carro entrava para o conserto e o amante nunca mais comparecia motorizado.

Foram sentar-se ao ar livre, perto dumas folhagens e sob um jato de luz.

— Gosta?

— Se o senhor gosta, eu gosto.

— É a primeira vez que entra num restaurante?

— Que idéia!

Ela apanhou logo o cardápio. Otávio sugeriu primeiramente um aperitivo: dois martínis secos. Recomendou ao garçào que os batesse bastante, com gelo picado. Queria mostrar, nos menores detalhes, a sua categoria social. Ela não estava saindo com qualquer um!

Com um sorriso, Otávio observou Rosa Maria infantilmente caçar com o palito a azeitona do martíni.

— Martíni sem azeitona não é martíni – disse ele, bem humorado.

— Para mim tem o mesmo gosto. Acho inútil a azeitona.

Terminando o martíni, cortês, perguntou:

— Outro?

— Não.

— Experimente um *manhattan.*

— Quer que seja sincera? Estou morrendo de fome, seu... Como é seu nome mesmo?

— Esqueceu?

— Desculpe, mas esqueci.

— Otávio.

Rosa Maria, com suas unhas pintadas, algumas quebradas nas pontas, se pôs a olhar o cardápio aflitivamente. Não sabia o que escolher. Às vezes, soletrava alguns nomes franceses e depois se ria.

— Não sei o que quero.

— Sugiro galeto... É uma especialidade da casa. Quer?

— O senhor é que sabe.

Otávio era um colegial ressentido:

— Vai me chamar sempre de senhor?

– Gosto de tratar as pessoas com respeito.

Meio encabulado ao sentir a barreira que ela criava, tirou um cigarro da carteira.

– Me dá um – ela pediu.

– Você fuma?

– Fumo, sim. Me deixe acender o seu. Ganhei um isqueiro – disse ela, tirando um pequeno objeto duma *minudière*. – Nunca tem gasolina... – Depois de algumas tentativas, acendeu os dois cigarros.

– Obrigado – ele agradeceu, envolvido num clima romântico.

Enquanto o jantar não vinha, Otávio ficou a falar das vezes que a vira passar diante do hotel com o violino. Logo pensara em abordá-la, mas era um tímido, embora alguns amigos o apelidassem Lobo, confidenciou.

– O senhor devia ter falado comigo logo no primeiro dia.

Sem surpresa, Otávio admitiu que devia se tratar dum amor à primeira vista, ou ela era então um desses tipos de garota moderna, muito ousada e ao mesmo tempo confiante em seu equilíbrio emocional. Essa impressão fê-lo sentir-se mais velho do que realmente era.

– Vamos ver se gosta – disse quando chegaram os galetos.

Rosa Maria comeu silenciosa e avidamente. Não tinha maneiras muito especiais para comer. Via-se que era moça pobre e Otávio já não se admiraria se ela dissesse que sustentava a família. Provavelmente residia perto do seu hotel, num daqueles apartamentos minúsculos, sem a menor comodidade. Quem mora assim gosta mais da rua, sente-se melhor na rua. Tais apartamentos devem influir na formação moral e educacional dos jovens. Pobre Rosa Maria das *kitchenettes* de São Paulo!

– O que está achando?

A moça só respondeu ao terminar o jantar:

— Muito bom.

— Vamos à sobremesa. Gosta de doces?

Rosa Maria quis melão e Otávio, doce de cidra. Ao terminar a sobremesa, ela olhou no relógio de pulso:

— Oito horas!

— Tem pressa?

— Já não tenho mais... Perdi o compromisso que tinha.

— Lamento.

— Foi melhor comer. Morria de fome.

Otávio olhava-a condoído: o trabalho, a educação dos irmãos, se os tinha, e mais os estudos não lhe deviam fazer sobrar muito tempo. Raramente devia fazer uma refeição como aquela. Mas chegara o momento das intimidades.

— Trabalha muito?

— Nem tanto — ela respondeu.

"Deve ter vergonha de confessar", pensou. "Abra seu coração, minha pequena e doce Rosa Maria. Queixe-se da vida e chore no meu ombro, que esse príncipe míope e desajeitado aqui está para ajudá-la a livrar-se das agruras do mundo."

— Sua família é numerosa?

— Tenho mãe e um irmão pequeno. Meu pai morreu no ano passado.

— Sinto muito.

Ela olhou para a caixa do violino:

— Tocava na orquestra dum restaurante. Voltava para casa de madrugada, coitado. Morreu moço, mas parecia um velho.

Otávio ouvia, comovido:

— E você teve de se encarregar do sustento da casa?

Ela sorriu, tristemente:

— Meu irmão é pequeno... Quem leva dinheiro para casa sou eu.

Não restava mais nada de Lobo na fisionomia de Otávio e nem de qualquer animal selvagem da floresta ou do asfalto. Entendia o drama da moça e o desejo sincero era o de mostrar-lhe que ganhara, naquela noite, um amigo. Nem exigia que ela o amasse.

– Quem sabe eu posso lhe facilitar as coisas – disse jeitosamente.

– O senhor?

Otávio segurou-lhe a mão sobre a mesa num gesto natural.

– Por que não? Tenho as minhas relações.

– O senhor é formado?

– Não sou porque tive uma juventude triste e sem pais, mas agora vivo bem. Posso ajudá-la, Rosa Maria. Confie em mim, pode confiar em mim.

– Outros já me disseram isso.

– O quê? Já quiseram enganá-la?

– Muitos dizem que vão ajudar a gente... O senhor sabe como é o mundo.

Otávio procurou tranqüilizá-la:

– Não sou dos que prometem apenas – Tirou do bolso um cartão e lhe deu. – Fique com isso. Posso lhe conseguir um emprego razoável...

Ela recuou o corpo:

– Um emprego?

– Um bom emprego.

– Onde?

– Numa das firmas que conheço.

Rosa Maria ficou desconfiada:

– Não sei se seria capaz de...

Otávio apertou-lhe os dedos para lhe incutir confiança:

– Será capaz, sim. Fez algum estudo?

– Só o curso primário.

– Não faz mal, arranjo o emprego assim mesmo.

Rosa Maria deteve-se a olhar os cálices de Cointreau que ele mandava vir. Pensava maduramente na oferta que aquele estranho lhe fazia. Não era dessas que se entusiasmam apressadamente. Gostava de esmiuçar propostas. E de perguntar com franqueza, coisas assim:

– Quanto acha que posso ganhar?

– Uns trinta mil cruzeiros por mês.

Rosa Maria recuou na cadeira e sorriu, abrindo a boca toda. Era como se acabasse de ouvir uma anedota:

– Mas eu ganho quase isso por semana e mesmo assim passamos dificuldades!

Otávio estava deitado sobre a cama em seu quarto na penumbra. Menos duma hora antes, ao atravessar a portaria com a moça, o porteiro lançou-lhe um olhar maroto. Com seu olhar queria dizer que precisava de suborno, pois o hotel levava o rótulo de estritamente familiar. Não era, mas esse selo moralista rendia dinheiro ao porteiro e, quiçá, ao dono do estabelecimento. Ao seu lado, na atmosfera de perfume de loja de subúrbio, seminua, Rosa Maria descansava.

Uma pequena mão acendeu dois cigarros. Sem levantar-se da cama, Otávio apanhou um cálice e o litro de uísque para um gole reanimador.

O Lobo estava calado e mesmo sem pensamentos.

– Faz calor – disse ela.

Como se notasse algum desapontamento da parte dele ou porque desejasse conservar o freguês que generosamente lhe pagara um bom jantar, Rosa Maria começou a falar. Misturando algumas palavras de gíria, ainda não perfeitamente incorporadas à sua sintaxe, deplorava a vida que ia levando. A mãe, muito doente, não lhe ajudava em nada: passava o dia a ouvir novelas. O irmão era um diabinho, só atrapalhava. E o pior é que lhe haviam pedido o apartamento para reforma e o aluguel dum novo ia ser enorme.

Otávio ouvia sem prestar atenção. Embora acreditasse verdadeira, já lhe haviam contado outras histórias assim. Pensava naquilo que se extinguira dentro dele, na suave ilusão que alimentara durante alguns dias.

– Está se sentindo bem? – ela perguntou, estranhando o seu silêncio.

– Estou ótimo.

– Não se zangou comigo por alguma coisa?

– Por que haveria de estar?

A jovem ergueu-se nua no quarto escuro. Apenas a luz da lua revelava-lhe o contorno. Pousou os pés no chão, calçou os sapatos e procurou sobre a mesa o violino.

Uma tênue chama se avivou no espírito de Otávio, observando-a. Sorrindo na penumbra, pensou: "Esta ao menos não é igual às outras. Tem a sua arte, ama a música". E ficou a escolher em pensamentos uma peça que gostaria de ouvir. A *Sonata ao luar* seria uma delas. Repousar por alguns momentos no mundo organizado e sem conflitos de Ludwig van Beethoven...

Rosa Maria abriu a caixa do violino, a princípio vazia para Otávio, que se sentara para vê-la. De dentro dela retirou um pequeno aparelho que é vendido nas farmácias pelo nome de ducha higiênica.

– Sempre é bom estar prevenida – disse ela, indo com a ducha para o banheiro.

Otávio apanhou o telefone do quarto e discou repetidas vezes. Estava nervoso, a boca seca, com um ódio indefinido de tudo:

– Donde fala? Do Minueto? Me faz o favor de chamar o Gianini.

O velhote logo atendeu ao telefone. Otávio perguntou-lhe:

— Ainda está bebendo? Como é, agüenta mais? Então me espere. Vamos encher a cara esta noite e cair na farra. Pago tudo.

Longinquamente, Otávio ouviu a voz do amigo:

— Certo, Lobo. Eu espero, Lobo. Obrigado, Lobo.

O ENTERRO DA CAFETINA

I

Dona Beth, velha cafetina! Estou vestindo o meu melhor terno para ir ao seu enterro. Lamento que não seja um terno novo, mas está em bom estado e é escuro como convém a uma ocasião como esta.

Pensei, inclusive, em colocar uma faixa preta na lapela, em sinal de luto. Só não o faço porque o original muitas vezes se avizinha do grotesco. Depois, nosso parentesco não reside nos convencionais laços sangüíneos. É coisa mais profunda e sentimental, embora a senhora tenha nascido muito antes do que eu e num país longínquo, não sei em que *ghetto* da Polônia. Jovem ainda veio ao Brasil e aqui viveu sessenta anos sem poder perder o sotaque que a marcava como "aquela estrangeira que explora a mulherada". A princípio, viveu algum tempo em Santos, mas se mudou para a capital porque observara nos homens das cidades praianas menos honestidade nas questões de dinheiro. Talvez a senhora cometesse a injustiça de culpar o mar e o sol pelas safadezas humanas. Outra razão mais forte, porém, sugeria a mudança: o café. A senhora, dona Beth, ou simplesmente Beth, como a chamávamos, conhecia quais as riquezas deste novo país. Sabia que éramos os maiores produtores do mundo da rubiácea e logo travou ocasionais amizades com ricos e des-

29

cuidados fazendeiros. Não é história do meu tempo certamente.

Naquela ocasião o seu estoque de carne e de vinhos era da mehor qualidade e muito justo o orgulho que tinha das suas "bonecas". Menos nacionalistas do que hoje, só dávamos valor ao que vinha de fora, e seus vinhos e suas mulheres haviam cruzado o Atlântico. Sua casa era uma embaixada sexual da Europa na provinciana São Paulo.

Mulher moderna, a senhora cuidou logo de instalar um telefone em casa, o que se considerava um luxo.

– Doutorr Morais? Quero falar com doutorr Morais.

Nanete acabara de chegar da França com um mundo de *oui messieurs* nas malas e um curso completo de civilizada libidinagem.

Velhos cavalheiros falaram-me dessa fase de ouro da vida de "madame" com a mais irresistível das saudades. Fazia o seu comércio num enorme casarão de esquina, sofisticadamente apelidado "Palácio de Cristal". O interior era todo forrado de papel colorido. As escadas de mármore, o que a época classificava de muito *chic*. Alguns móveis, pesados e escuros, tinham procedência estrangeira. Os mais íntimos conheciam a sua adega, repleta de vinhos, conhaques e champanhas.

Com os cabelos e os olhos pintados, "madame", muito imponente, recebia os freqüentadores da casa e jogava crapô. Era duma habilidade demoníaca com as cartas. Alguns iam lá apenas para um dedo de prosa com a dona da casa. Outros faziam dali um centro de conspiração. A senhora contava entre seus amigos muitos líderes da política, todos com planos subversivos. Ah, que sede tinham do poder! E "madame" não funcionava apenas como confidente daqueles homens ilustres: era também conselheira. Os destinos do país certa vez estiveram praticamente em suas mãos, as mãos de unhas pintadas, que seguravam piteiras, que embaralhavam cartas para o crapô e que apontavam aos respeitáveis fregueses as últimas novidades das praças européias: Nanete, Carmem, Gina, Inge...

Quanto à polícia... Ora, dr. Cintra, o delegado, era um dos melhores amigos de "madame". Com ela tomava Cointreau, enquanto lhe oferecia a mão espalmada para a quiromancia e se queixava dos filhos tardos demais nos estudos.

A maior alegria da senhora, prova de bom coração, era quando uma das suas "bonecas" ou "afilhadas" fisgava um daqueles figurões e com ele se amigava ou se casava. A bela Pupe, espanhola, saiu de sua casa pelas mãos protetoras de um senador. Mas nem todas as histórias eram triunfantes. Pobre Nena, que se matara. Arlete cobria-se de úlceras. Consuelo entregara-se aos entorpecentes.

A Revolução de 1930, que "madame" infelizmente não pôde controlar, e que não fora tramada em sua casa, pôs fim definitivo à idade de ouro de sua vida. Judia polonesa, com passagem em Paris, "madame" chorou como uma paulista autêntica a vitória das forças revolucionárias. Os senhores respeitáveis e endinheirados foram aos poucos se afastando de sua casa. Alguns morreram, velhinhos, já menos ricos. Então já não encomendava "bonecas" na Europa. A Revolução fora feita contra o bom gosto dos homens, contra os perfumes de seu toucador, contra os seus licores. Sina dos judeus, a de atrair as desgraças.

Aí a senhora entrou numa fase mais declaradamente comercial. Passou a vender bebidas ao invés de oferecê-las e estabeleceu preços rígidos para os *michés*. Mesmo assim tinha amigos entre os seus fregueses, aqueles a quem levava à cozinha para um trago verde de Cointreau. Continuava firme no seu crapô, sempre invencível. Terminava as partidas com uma longa gargalhada, que se prolongava num meigo sorriso de compaixão pelo vencido e novo convite formal para outra tentativa.

Essa fase, digamos de prata, em dez anos, se transformou na de um metal ainda mais barato. Isto aconteceu quando o casarão deu lugar a um arranha-céu cinzento e sem poesia. Muitos advogados lutaram como leões para despejá-lo, ajudados pelos jornais, o que enfim conseguiram. A senhora teve de se mudar para uma casa distante do centro, já sem adega, sem estoque de "bonecas" estrangeiras e sem os belos móveis. Certa noite, um policial apareceu lá para chantagear. "Madame" telefonou, enérgica, para o dr. Cintra.

Mas o bom delegado, informaram, já se aposentara.

II

Eduardo, velho amigo e companheiro de trabalho, telefonou-me:

– Sabe quem vai para o asilo?

O quarto de meu hotel dá para a rua e, às vezes, o ruído é infernal.

– O quê?

– Eu disse "para o asilo".

– Quem para o asilo?

– A Betina vai para o asilo, ouviu?

Encontrei-me com Eduardo à noite, no Minueto, nosso bar ante-sala da madrugada. Eu e ele andávamos juntos há vinte anos, desde os tempos do L'Auberge de Marianne. Foi lá que pela primeira vez ouvimos o nome de Betina, proferido por um simpático cavalheiro que tinha o dobro da nossa idade. Ficamos sabendo que Betina estava ligada à melhor tradição prostitucional de São Paulo e isso nos sensibilizou. Não queríamos só o prazer da carne, mas também um pouco de história. Eduardo, que já naquela ocasião planejava escrever um volume sobre "curiosidades e segredos da Paulicéia", ficou ardendo por conhecer Betina. Eu consultei a carteira e resolvi acompanhá-lo por razões menos educativas.

Nossa primeira impressão foi decepcionante. O bordel de Betina não diferia dos demais que conhecíamos. Encontramos só uma prostituta estrangeira, mas evidentemente fora de forma. Eduardo, mais ousado do que eu, puxou-me para o interior da casa. Numa espécie de copa adaptada para sala de visitas, fomos deparar com "madame" envolta num xale, fumando, diante de cartas espalhadas na mesa.

– Quer me ler a sorte? – pedi.

Mandamos imediatamente vir bebidas para mostrar que tínhamos dinheiro no bolso.

– Sabe jogar crapô? – perguntou Betina, ansiosa.

– Não.

– Eu ensino.

Crapô é jogo de paciência, divertimento para velhos. "Madame" contou-me que na sua casa, noutros tempos, alguns ricaços apostavam fazendas. Não se arrisca no crapô, a não ser fazendas. Certo fazendeiro um dia ficou desesperado. Perdeu numa partida sua melhor propriedade e nem sabia como contar o desastre à família. Betina, muito calma, perguntou-lhe: "O senhor tem outra fazenda?" O homem, aflito, respondeu: "Tenho, sim, a última..." Ela lhe sorriu, segura de si. "O senhor vai apostar também essa. Mas eu jogo no seu lugar." Quinze minutos depois, ela devolvia ao jogador desesperado a fazenda perdida.

– Estou derrotado, "madame" – confessei.

Eduardo entusiasmou-se com as histórias de Betina e aborreceu-a com perguntas. Às vezes, tomava notas, o que a deixava ressabiada. Mas a curiosidade dos estudiosos tem limite, não nos iludamos com eles. Nas vezes seguintes, preferiu divertir-se com as mulheres a entrevistar Betina. Eu, que nada desejava escrever, e que na vida, além de textos de publicidade, só redigi estas linhas em memória de "madame", continuei seu amigo e tive a incomparável honra de me tornar seu parceiro predileto no crapô.

Um dia ela se prontificou:

– Quer que lhe tire a sorte?

Cortei o baralho e ela espalhou as cartas sobre a mesa. Falou duma viagem, da morte de um parente, dum amor impossível e do dinheiro que eu ganharia em minha carreira. Depois, seus olhos se fixaram num às de espadas, negro e terrível. Disse-me:

– Tenha cuidado com as armas de fogo, garoto.

– Por quê?

– Leio um acidente. Cuidado.

Fiquei amigo de Betina. Emprestei-lhe dinheiro num fim de mês azarado em que ela não tinha com que pagar o aluguel. Noutra ocasião, "madame" me financiou a compra duma Royal. Devolvi-lhe o dinheiro, lentamente, sem que a velha me apertasse.

– Você é honesto – disse ela.

– Como é que sabe?

– Lido com homens há mais de quarenta anos. Conheço os honestos.

– E se eu não puder lhe devolver o...

– Desonestidade é uma coisa, falta de dinheiro é outra.

Ouvindo Betina, facilmente eu teria colhido material sobre a vida de São Paulo antigo, de antes do erguimento dos arranha-céus. Falava-me de personalidades importantes da sociedade e da política, que freqüentaram a sua casa, e relatava episódios que não encontramos em livros. Sempre em sua pequena sala, muito abafada, com as cartas e o telefone, um livrinho de endereços, a piteira e alguns maços de cigarros.

Anos depois, fui reencontrar Betina num apartamento pequeno e feio. Muito velha, vivia ainda com as cartas na mão. Já não se importava com as férias que suas protegidas faziam, com a certeza de que caminhava para um fim triste. Devia ter lido o perigo em manchete nas cartas. Foi nesses dias que descobri que só eu lhe restava como parceiro do crapô, ela, que jogava com senadores e até com governadores. Todos os seus velhos amigos estavam mortos ou a julgavam morta. Deviam pensar em Betina com saudade, mas não se aventuravam a procurá-la.

— Jogue comigo — ela me pediu um dia em que eu estava menos disposto. — Pago a bebida que quiser.

Precisava subornar o companheiro de jogo. Era doloroso.

— Claro que jogo, mas pago a bebida.

Jogávamos. Às vezes, ela se fazia derrotar para entusiasmar-me. E o pior é que eu percebia o estratagema. O melancólico estratagema da velha cafetina.

— Tem parentes, Betina?

— Tinha alguns na Polônia, mas acho que já morreram.

— E amigos, a gente endinheirada do café?

Betina contou-me uma estória da Revolução de 1930 e não respondeu à pergunta.

Quando Eduardo me telefonou, esperamos anoitecer e fomos ao seu apartamento. Alguém lhe dissera que a velha já não podia administrar o bordel. Parece que ia ser internada num asilo. Na porta, ambos indecisos, não sabíamos se ampará-la ou simplesmente cruzar os braços. A segunda alternativa me tentava mais e a Eduardo também, mas o diabo do sentimentalismo venceu. Entramos.

— Alô, Betina!

Ela estava enfiada numa peça de roupa que já fora um vestido. Apenas duas mulheres de péssimo aspecto trabalhavam para ela. Um sujeito grosseirão, que tomava uma cerveja, dirigia-lhe pilhérias pesadas e sem graça. Assim que nos viu, ela ergueu-se com dificuldade e fomos para a cozinha. Segurou-me as mãos, aflita.

– Vou para um asilo – disse. – O apartamento vai fechar... Não dá nem para o aluguel.

– Que asilo?

– Não sei. Um asilo.

Explicou-me com seu pobre vocabulário e seu sotaque já gasto que uma espécie de educadora aparecera por lá. Iam levá-la para um asilo de velhos. Seus olhos, pequenos e infantis, estavam cheios de terror. Não podia imaginar-se num casarão escuro entre gente que esperava a morte. Conviver com indigentes depois das idades do ouro e da prata, dos conselhos aos políticos, do crapô com os fazendeiros, da fortuna que possuíra em jóias, vinhos e perfumes!

– Abro o gás – disse ela. – Morro, mas não vou.

– Ora, isso é uma besteira!

– Abro o gás...

Eduardo, muito prático, perfuntou de quanto ela precisava para viver honrosamente aposentada. Casa, comida, roupa lavada e uma empregada.

– Menos de cinqüenta mil não dá.

Puxei Eduardo pelo braço e a sós tivemos uma conversa muito séria. Disse-lhe que podíamos usar o pequeno apartamento de Betina para levar mulheres e promover festinhas. Outros amigos colaborariam de boa vontade, não para ajudar a velha, que não conheciam, mas para ter um lugar onde conduzirem suas presas. Era o sonho de inúmeros conhecidos nossos. Eduardo achou a idéia genial e voltamos para Betina com um sorriso maroto.

– A senhora não vai mais para o asilo.

Ela nos olhou, cheia de esperança:

– Vão fazer o quê?

– Vamos dividir as despesas entre alguns amigos que precisam de lugar para levar mulheres.

Uma última garrafa de licor do estoque de Betina foi aberta para comemorar o acontecimento. Imediatamente pusemos para fora o freguês indesejável e despedimos as duas mulheres que faziam a vida lá. Só conservamos a criada.

Durante um mês eu e Eduardo freqüentamos o apartamento de Betina. Não me lembro de ter levado nenhuma mulher lá. Comprávamos bebidas e pacientemente jogávamos crapô com a velha. Era cansativo, pois nunca conseguíamos fazê-la dormir cedo. Quando a enfiávamos na cama, ela ligava o rádio de cabeceira para ouvir o jornal falado e enterrava um gorro na cabeça. Soube que costumava dormir com o rádio ligado.

Certa noite, Eduardo e eu entramos no apartamento e topamos com uma cena estarrecedora. Muitos homens ali estavam na companhia de mulheres muito decotadas e pintadas. O rádio, ligado alto. Uma porção de garrafas de cerveja sobre as mesas. Espantados, fomos entrando. Demos na copa com Betina, num vestido novo, fumando com a piteira e embaralhando cartas.

– Que aconteceu aqui? – perguntei, indignado.

"Madame" nos olhou sorrindo. Pela primeira vez em tantos anos mostrava ter consciência de que cometera um pecado.

– Reabri a casa.

– Por quê?

– Não podia continuar vivendo às custas de vocês. Não sei explorar os outros.

– Fez muito mal, Betina.

– Vamos jogar crapô? – ela convidou.

– Não.

– Uma só.

– Nenhuma. Estamos decepcionados com você, Betina. Queríamos ajudá-la.

37

– Ainda posso trabalhar.

– E se a freguesia sumir, como é que se arranja? Não tem mais medo do asilo?

Ela já tinha a resposta:

– Abro o gás.

III

Abriu o gás. Foi uma noite de frio em que os homens não gostam de sair de casa. A freguesia desapareceu e ela não teve outro jeito, já que não se conformava com asilo. A criada encontrou-a na mesa, com as cartas. Vi que terminara uma partida de crapô com um parceiro invisível. Um cálice de Cointreau vazio. Um cigarro na piteira. Não se sentia o seu perfume por causa do cheiro de gás.

– Precisamos enterrá-la – disse Eduardo.

Eu estava chocado e com idéias extravagantes:

– Gostaria de fazer um enterro decente. Mais do que isso: um enterro ostensivo. Coisa de luxo.

– Betina merece.

– Claro que merece!

Dei uma lista de endereços à criada e o telefone começou a funcionar, avisando os amigos da morte de Betina. Muitos nem sabiam quem era Betina. A esses a criada informava que se tratava duma parente minha, ou de Eduardo ou duma fidalga polonesa. A criada ensaiou também essa exclamação: "Mas o senhor não sabe quem é Betina?" Forneci-lhe os telefones de negociantes judeus e de velhos figurões da política paulista. Alguns industriais que haviam freqüentado os bordéis de Betina ainda estavam vivos: mandei telefonar para eles.

– Sejamos organizados – disse eu. – Lembre-se, Eduardo, de que somos publicitários e como tais devemos agir.

— Como assim?

— Vou encarregar um amigo para encomendar um enterro de luxo, com câmara-ardente e tudo.

— Eu trago um padre. O que mais? — Eduardo perguntou, já sob meu comando e entusiasmado.

— Vou redigir uma nota a todos os jornais, estações de rádio e tv, noticiando a morte de Betina. "Faleceu madame Betina, uma das senhoras mais populares da vida paulistana no primeiro meio século." O *boy* da agência nos ajudará nessa parte. Mas tenho outras idéias...

— Quais?

— Correremos todas as boates, cabarés e "inferninhos", convidando gente para o enterro de Betina. Mon Gigolô nos dará uma mãozinha.

— Podemos convidar músicos. Betina gostava de música.

— Você é grande, Eduardo, músicos!

— Mãos à obra!

Lá para a meia-noite, antes da chegada do caixão e da câmara-ardente, e superadas as dificuldades do atestado de óbito, fornecido por um médico idoso, amigo de Betina, o pequeno apartamento começou a receber gente. A criada não parava um só instante de telefonar e algumas emissoras de rádio e tv já haviam dado a notícia.

Mon Gigolô, juntamente com o Mandril, a mulata mais bela da noite, corria as casas noturnas e os bordéis da cidade, convidando todos para o velório e enterro de Betina. Ninguém podia faltar. Um músico de *taxi-girl*, muito tarde da noite, compareceu com parte da orquestra. Os inquilinos do prédio, que muitas vezes haviam denunciado à polícia a existência do bordel, foram velar o corpo de Betina. Duas dançarinas deram banho ao cadáver e vestiram-no com a melhor roupa que encontraram no seu quarto.

— Como Betina está bonita! — comentavam.

A essa altura, umas vinte mulheres noturnas já estavam no apartamento. Um homem de cabelos brancos, tão idoso como Betina, que devia ter sido seu amigo da fase de ouro, compareceu. Porteiros de boate foram dar uma espiada. Artistas do rádio, da TV e do rebolado iam entrando, alguns maquilados.

— É preciso dar algo a essa gente — disse eu a Eduardo.

— Copos Betina tinha à beça.

— Mande a criada comprar bebida e peça a alguém para ajudá-la a trazer as garrafas.

Eduardo foi exagerado na compra de bebidas: dois litros de uísque nacional, três de conhaque, cinco garrafas de rum para cuba-libre, duas de gim e três dúzias de cerveja.

Dois garções do bar da esquina se prontificaram a ajudar a servir e o proprietário ofereceu gratuitamente ainda mais bebidas. Eu estava preocupado.

— Parece uma festa! É bebida demais!

O caixão chegou de madrugada com os paramentos da câmara-ardente. Os presentes, insensíveis à transformação por que a sala passava, sentiam fome, muita fome. É a primeira conseqüência do álcool. Alguém desceu para comprar *pizzas*. Vieram também sanduíches, empadinhas e quibe.

Betina foi posta no caixão, enquanto algumas prostitutas choravam. Uma delas comia quibe e chorava. O velhote de cabelos brancos olhava para o rosto de "madame" e balbuciava coisas. Era a própria saudade que estava ali. Mas não recusou uma dose de conhaque e um pedaço de *pizza*.

Chegou um deputado, alguns jornalistas da velha e da nova guarda, um membro superior do Partido Comunista compareceu com ar grave, e vários indivíduos distribuíam cédulas e propaganda dum certo candidato a vereador.

Na cozinha, bebia-se desbragadamente. Contavam fatos da vida de Betina, alguns pitorescos, outros pornográficos. Um camarada cismou de fazer um discurso fúnebre no qual chamava a extinta de "vovozinha querida", de "generosa judia" e de "móveis e utensílios da vida paulistana". Não foi o único discurso. Houve outros, mais longos e mais sentimentais.

Muito bêbado, um músico soprou o seu sax, logo acompanhado por outros elementos da sua orquestra. No começo protestei, mas logo me deixei abalar pelo patético acontecimento e enchi novo copo de uísque.

Comovido, abracei Eduardo:

– Que belo gesto, o nosso!

Eduardo chorava:

– Minha boa Betina... Minha querida Betina...

– Ela está no céu – disse eu.

As pessoas que estavam ao lado me olharam interrogativamente: "Ela estaria no céu?" A afirmação era ousada demais. Corrigi:

– Não acredito que exista inferno.

As músicas, a princípio fúnebres, foram ficando mais vivas. Bem mais alegres. Tocavam e cantavam em coro alguns sambinhas, entre eles o *Fita amarela:*

> *Quando eu morrer,*
> *não quero choro nem vela,*
> *quero uma fita amarela...*

Iniciou-se, espontânea e rouca, uma série de homenagens a mortos famosos: Noel, Carlos Gardel, Chico Alves, Dolores Duran e outros.

Na cozinha, um casal visivelmente embriagado ensaiava uns passos de dança. Fui até lá, enérgico:

– Isso não fica bem.

– Mas nós fechamos a porta.

– Com a porta fechada, sim...

Eduardo e a criada entraram com suas cestas de garrafas. A música soava mais forte. Um morador do lado quis reclamar, mas quando soube que se tratava dum velório, ficou tão chocado que não pôde abrir a boca. Humoristas do rádio e da tv desfilavam suas anedotas sobre defuntos e fantasmas.

Às cinco da manhã quase todos os presentes estavam embriagados. Aquele velho distinto, com seus cabelos brancos, parecia um veleiro no meio da sala. Uns beijavam o rosto da extinta e outros dormiam nas cadeiras e no chão. Quase não se enxergava as pessoas, tão grande fora o consumo de cigarros, embora muito moderado e discreto o de maconha.

Os jornais da manhã trouxeram notícias da morte de Betina. Um deles estampou seu retrato, extraído do arquivo da crônica policial. Só um deles se referiu à profissão de Betina. Os outros diziam que se tratava duma proprietária de "casas de diversão" famosa pela generosidade do seu coração. Parte dos que participaram do velório se retirou para suas casas. Mas, antes do meio-dia, mais pessoas começaram a aparecer. Eduardo calculou em cem o número de prostitutas, cafetinas e gigolôs presentes no apartamento e na escadaria do prédio, sem falar de umas duzentas pessoas que exerciam outras profissões.

Na hora do almoço, os restaurantes do quarteirão, numa bela demonstração de solidariedade, ofereceram comida aos acompanhantes do enterro. Um desconhecido mandou uma caixa de gim e de conhaque. A criada e os dois garçons, sonolentos, continuavam a servir bebida ininterruptamente. Os músicos foram substituídos por outros e um horroroso conjunto paraguaio entrou em ação. Um quadro de futebol carioca, antes da partida para o Rio, compareceu. Grande era o número de jornalistas. Nunca vi bater tantas chapas em minha vida nem os cinegrafistas da televisão trabalharem tanto. E o engraçado é que muita gente que estava lá não sabia quem fora Betina!

Às duas horas chegou o padre.

– Por aqui, reverendo...

O padre olhava meio espantado a todos. Quando se pôs a falar, uma dezena de pessoas rompeu num choro ensurdecedor. Ouvia-se, da cozinha, o tilintar de copos. Alguém disse um palavrão. O sermão foi vacilante e curto.

Ansioso por sair, o padre disse-me:

– Era muito popular esta senhora?

– Se era!

– Família numerosa, não?

No corredor eu e o padre topamos com meia dúzia de vedetes que entraram, todas de biquíni. Na escada dormiam dois sujeitos embriagados.

O padre levou a mão à cabeça e me pediu, em sigilo:

– Por favor, não diga a ninguém que estive aqui. Esqueça o meu nome.

Voltei correndo para a cozinha e apanhei o meu copo. Já estava eufórico. Disseram que eu gritava. "Viva Betina, a rainha das cafetinas!" Alguém me deu uma Alka-Seltzer. Puseram-se a dormir numa cadeira. Acordei com os gritos dum cavalheiro que reclamava a falta da carteira.

– É melhor levá-la logo para o cemitério – disse Eduardo. – Vai haver uma briga aqui. Prevejo um pandemônio!

Essa palavra de impressionou – pandemônio. Alguém deu um empurrão em alguém. Caiu uma cadeira. Estourou uma garrafa. Eduardo saltou e impediu que o caixão tombasse da mesa.

Às quatro da tarde chegou o carro fúnebre. Pedi ao motorista que se apressasse:

– Vai haver um pandemônio!

– O que o senhor disse?

– Apressemo-nos: um pandemônio.

Eu, Eduardo, uma prostituta e Mon Gigolô, conhecido homem da noite, apanhamos as alças do caixão. Estávamos os quatro bêbados e Mon Gigolô com ânsia de vômito. Com enorme dificuldade pusemos o caixão no carro.

A beleza foi ver quase uma centena de carros seguindo Betina. Muitos acompanhantes levavam garrafas e copos nos carros. Eu mesmo me lembrei de apanhar meio litro de uísque. Fui bebendo no táxi. Os músicos executaram sambas e marchas.

No cemitério, não tive forças para carregar o caixão. Larguei-me sobre uma tumba. Tiveram de me levar nos braços para dizer adeus a Betina. Vi o caixão afundar no buraco escuro. Chorei como uma criança ou um débil mental.

Na volta, no interior dum carro, eu e Eduardo íamos felizes.

– Tudo bem? – ele perguntou.

– Grande enterro, o da cafetina.

– Betina deve estar feliz. Onde vamos agora? – indagou o meu amigo.

– Voltemos ao apartamento. Muitos continuaram lá, bebendo. Acho que ainda sobrou alguma garrafa de qualquer coisa para nós.

O CASARÃO AMARELO

Assim que me despedi de Glória fiz meia-volta, depois mais meia, esta premeditada e cautelosa, e saí em sua perseguição. Eu estava desconfiado, tão desconfiado que os transeuntes que vinham em sentido contrário me olhavam espantados. Que cara eu devia ter! Mas a culpa era dela, mentia demais, ora afirmava que morava com uma tia, ora com a madrasta, que trabalhava no escritório dum despachante, contradizia-se dizendo que procurava emprego, jurava ser virgem, queria morrer solteira, havia um ex-noivo contrabandista que andava à sua espreita com revólver no bolso, marcava encontros comigo e não comparecia, chorava por qualquer coisa, implorava que eu marcasse a data do casamento, depois anunciava sua entrada num convento, fizera curso de manequim, havia um senhor holandês que a desejava como amante, um patrão se apaixonara por ela, trocava meu nome, chamando-me Paulo, eu que sempre fui Otávio, declarava descender de austríacos quando não descendia, às vezes aparecia com vestidos caros, um broche de ouro, e tinha um colar de pérolas comprado com que dinheiro se estava desempregada? Muitas vezes saía com Glória e ela falava pelos cotovelos, outras permanecia muda, ameaçava suicídio, chorava de saudade da infância, recitava versos de J. G. Araújo Jorge

45

quando a noite era de lua, mas gostava mesmo era de lasanha, fingia-se de tuberculosa e falsificava uma tosse irritante, lia tudo sobre câncer, queria morar no Rio e confessava aos íntimos que estivera apaixonada por um cirurgião baiano. A única verdade de Glória talvez fosse a sua beleza, trombeteada pelos seus seios altos, rijos e esféricos.

Comecei a desconfiar de tudo em certa tarde, nas primeiras semanas de namoro, quando via Glória passar dirigindo um Austin. Eu ia atravessar a avenida e o carro quase atropelou-me. Berrei: "Está louca, Glória!", mas a doida nem olhou para trás.

No mesmo dia eu me encontrava com ela.

– Puxa! Hoje você ia me matando!

– Eu... matando você?

– Com aquele maldito Austin! Onde o arranjou?

Glória fez cara de palerma:

– Que Austin?

– Você não guiava um Austin hoje?

A cínica gargalhou:

– Mas eu não sei guiar, Otávio. Nem sei pôr um carro em movimento!

Era de enlouquecer: eu a tinha visto realmente, dirigia com o vestido verde que sempre usava, o eterno penteado tipo Torre de Babel, arregalara os olhos ao ver-me... Glória, rindo diabolicamente, reafirmava que não guiava, jamais pusera as mãos numa direção, eu precisava mudar as lentes dos óculos ou então bebera, isso, o mais provável, bebera.

Esse caso do Austin abriu as cortinas do drama. Resolvi investigar, saber direito, afinal, quem Glória era, o que fazia, com quem vivia, virgem ou prostituta, se sabia dirigir ou se me enganara, que idade tinha com certeza e sobretudo – talvez para principiar – onde ia todas as tardes. Aí está por que fiz meia-volta e depois mais meia.

Precisava segui-la sem ser pressentido, ver onde entrava ou com quem se encontraria. Fui atrás dela separado por uns trinta metros, vendo o seu vestido verde. Quando parou diante duma loja, parei também. Escondi-me na entrada dum cinema. Vi Glória dar esmola a um mendigo, depois comprou uma revista de rádio, num sinal "siga" não seguiu, parecia inclinada a voltar, continuou andando elegantemente e, afinal, entrou numa casa.

Parei na mesma porta. Era um sobrado muito velho, amarelo, com amplas janelas abertas. Atravessei a rua e fiquei na outra calçada à espera de que Glória saísse, espera terrível porque se demorou horas para reaparecer. Às sete, em cima da hora do encontro marcado comigo, deixou o casarão correndo. Tive de apanhar um táxi para chegar antes que ela à nossa esquina de sempre. Dez minutos depois a vi aproximar-se em passos lentos e descuidados. Mudara de marcha ao avizinhar-se da esquina. Maçã na mão.

– Quer?

– Onde esteve?

– Fui comprar a maçã. Quer?

– Mas você não veio de sua casa...

– Ah, bancando o detetive... Eu vou embora – ameaçou.

Eu sabia que ela viera do casarão amarelo, onde se demorara cerca de três horas. Seria fácil desmoralizar a sua mentira. Mas tinha medo de perder Glorinha sem uma prova provada de que não procedia bem. Fomos jantar juntos e mostrei-me alegre. À noite, em meu hotel, pensei intensamente no Austin e no casarão amarelo. Acordei com a boca e os lábios secos: febre.

Na mesma semana pude ver novamente Glória entrar no casarão amarelo. O que era o casarão? Um escritório, uma pensão ou um bordel? Seria Glória uma prostituta? Alguém já me dissera que São Paulo é o paraíso da prostituição vespertina, discreta, camuflada. Os senhores burgueses não sabem disso. Ou sabem... Sei lá! Foi nesse dia que "bolei" uma idéia cínica e ridícula, cômica e grosseira, genial e desesperada. Diante do casarão, no outro lado da rua, havia um prédio de vários andares, também muito velho. Daquele prédio eu poderia ver o que se passava dentro do casarão. Calculei que a visão seria ótima do segundo andar. Nele se via uma placa enferrujada: BIANCAMANO E SOBRINHO – ALFAIATE. Ensaiei entrar no prédio, mas a coragem pifou. Que imbecilidade! Voltei ao hotel.

Durante a noite, após uns tragos, a idéia da visita à alfaiataria amadureceu. Fruto verde e mirrado, cresceu amarelo e saboroso. Grande idéia, sim. Minha ida à alfaiataria poderia ser a solução de tudo. Da janela eu veria o interior do casarão e minha Glória nos braços de outro. Então, livrando-me da obsessão, lhe diria: "Já sei quem você é. Vamos ao meu apartamento pôr fim a esta comédia".

No dia seguinte, logo que Glória entrou no casarão amarelo, com os óculos pretos que comprei às pressas numa óptica, entrei no prédio. Ao pisar as escadas, senti um frio terrível, mas prossegui. Lá estava eu diante duma porta com uma placa: BIANCAMANO E SOBRINHO – ALFAIATE. Entrei.

– Bom dia, cavalheiro!

Era um jovem, em mangas de camisa, que me cumprimentava.

– Bom dia – respondi, quase sem olhá-lo. Ah, lá estava a janela e precisava aproximar-me dela. – Aqui é Biancamano e Sobrinho? – Que necessidade havia dessa pergunta?

– Às suas ordens.

– O senhor é o sobrinho – tentei adivinhar infantilmente.

– Sou o sobrinho.

Eu me via na contingência de ser mais positivo. Afinal, o que um homem vai fazer numa alfaiataria, se não é fiscal nem qualquer coisa do gênero?

– Precisava ver umas fazendas...

O risonho sobrinho do sr. Biancamano, apanhando-me pelo braço, levou-me a uma saleta onde estavam as fazendas. Era o enorme estoque da alfaiataria, mas eu não prestava atenção nas peças, aflito porque me conduziam para longe da janela.

– Que prefere? Casimira ou tropical? Temos também fazendas estrangeiras... Com certeza quer um tropical: vejo que sua muito com o calor.

Não fazia muito calor, mas eu estava suado: emoção.

– O que me diz desta?

Apanhei uma peça de fazenda, não me lembro de que cor. Como nada comentasse, Biancamano sobrinho mostrou-me outras peças, numa crescente expectativa.

– Aqui está escuro.

– Acendo a luz – disse acendendo um jogo poderoso de luzes.

Pensei depressa:

– A luz artificial às vezes engana.

– Mas de que cor o senhor quer?

– Há alguma janela por aqui?

Ele me levou para perto duma janela interna. Fiz na peça um exame rápido e desatento.

– Não é um belo padrão?

– A luz aqui não é muito boa... – Atrevidamente, apanhei a peça e atravessei o estabelecimento, rumo à janela da rua. Finalmente a alcancei. Lá estava o casarão amarelo, enorme, com suas janelas abertas, quase ao alcance de minha mão. Esbocei um sorriso de alegria que foi logo erroneamente interpretado.

– Gostou deste, então?

– É muito movimentada esta rua? – perguntei, aéreo.

49

– Mais ou menos.

Fui forçado a examinar a fazenda. Não gostei. Pedi que me trouxesse outra peça. Depois, mais outra. Quando o moço se afastava, eu tinha tempo para espiar o casarão. Vi com nitidez um par de pernas cruzadas. Pernas femininas. Mas não me pareceram de Glória.

– É razoável esta fazenda – disse para romper o silêncio.

– É de fato muito boa.

– Tem mais clara um pouco?

Veio nova peça nas mãos do rapaz. Ele não escondia sua impaciência:

– Esta lhe cairá bem.

– O senhor me desculpe... Sou muito exigente...

– O senhor tem razão. Há muitas fazendas péssimas por aí. Algumas com o rótulo de estrangeiras – confidenciou.

Perguntei o preço do metro da fazenda. Quanto teria de dar de entrada? Qual o preço do feitio? Tinha algo mais a perguntar? Tinha: se a fazenda já era molhada.

– Hoje estou com um pouco de pressa – lamentei. – Não posso escolher a fazenda com calma. Amanhã eu volto.

Tive de sair, lembrando-me de que naquele ano eu já fizera uma roupa de verão e outra de inverno. Seria uma extravagância encomendar mais uma. E o pior lembrei depois: ia chegar tarde na agência de publicidade onde trabalhava, ciente de que diversas campanhas no marco zero me esperavam.

No dia seguinte fui diretamente à agência. Vi minha mesa coberta dos malditos envelopes gigantes que os contatos haviam colocado sobre ela. Dentro de dois, encontrei recados mais ou menos nestes termos: "Otávio, ponha o assento na cadeira e termine logo esses textos". Meu impulso foi o de fazer todas as campanhas em tempo recorde, pretextar uma dor de cabeça e voltar ao meu posto de observação. Mas não era possível. Como se pode fazer correndo uma campanha sobre implementos agrícolas ou tornos quando há tantos detalhes a estudar? Resultado: não pude ir ao alfaiate e não concluí nenhuma campanha. Os envelopes gigantes se acumulavam sobre a minha escrivaninha e nada de eu passá-los ao tráfego da agência. Um emprego daqueles, apesar de cacete, não podia perder. Entrei desesperado na sala do diretor:

– Seu Galvão...

O diretor notou logo algo estranho em mim.

– O que há, Otávio?

– Vim do médico. Estou me sentindo mal. Doente de verdade.

– Vá para casa e descanse...

– Um dia não basta, o médico me recomendou repouso absoluto. Meu coração não está funcionando bem. Perigo dum enfarte.

– Na sua idade? Vou lhe dar um cartão, vá ao meu médico.

Recusei o cartão:

– Pode não haver perigo, mas o fato é que estou doente. – Alterei a voz: – Muito doente, em péssimo estado.

– O que você quer?

– Férias.

– Duas férias neste ano?

– Por favor, seu Galvão, me dê férias. Não gozarei as do próximo ano, certo?

Tiveram de arranjar às pressas um redator substituto e assim me livrei do trabalho durante vinte dias úteis. Quinze dias úteis, pois no sábado Glória não freqüentava o tal casarão amarelo.

Voltei com mais sossego à firma Biancamano e Sobrinho. Desta vez, fui logo para a janela e pedi ao rapaz que fosse me trazendo as peças. Uma das janelas do casarão estava fechada. Vi uma velha passar com qualquer coisa nas mãos que me pareceu um bolo. Um menino brincava no chão.

– Já escolheu? – perguntou o moço.

– Não! – berrei.

Biancamano sobrinho afastou-se, creio que irritado. Em seguida, o próprio Biancamano aparecia para atender-me, velhote simpático, tipo Gepeto, de cabelos grisalhos, porém desconfiado em relação à minha pessoa.

– O senhor está indeciso... – observou. – Eu o ajudo. Vamos ver essas peças. Não gosta da Aurora? Este Maracanã é especial, o padrão mais procurado.

Glória! Vi Glória pela primeira vez cruzar a sala do casarão, com os braços abertos, como se fosse abraçar alguém. Debrucei-me na janela num salto.

– Um helicóptero! – bradei ao velho.

– O quê?

– Passou um helicóptero.

O velho me olhou dum jeito esquisito. Atrás dele, o sobrinho, a alguma distância, me observava, irritado. Voltei a examinar as fazendas.

– Que marca é essa? – perguntei, apontando o dedo para qualquer uma.

– Qual?

– Quero um tropical brilhante.

– Este é tropical brilhante.

– Mas não é inglês, vê-se.

– Claro que é inglês.

Trazia o dinheiro das férias no bolso. Resolvi, enfim, fazer um terno, não de fazenda estrangeira, mas da nacional, e das mais baratas, isso já no fim da tarde. Há três horas e meia que eu me plantei diante da janela.

O sr. Biancamano começou a tirar as medidas. Havia uma sala especial para isso. Ao ver a sala, protestei:

– Aqui não fico.

– Por quê?

– Sofro de claustrofobia. Vamos para a janela.

O velho era rápido demais na tarefa de tirar as medidas ou o tempo voava enquanto eu fixava o casarão amarelo. Em dois minutos, tudo anotado. Dei-lhe o dinheiro da entrada. Muito caros os ternos do sr. Biancamano.

– O senhor está livre – disse ele.

Mas eu não queria ir embora! Ia gastar cinqüenta mil cruzeiros, para ser posto fora da alfaiataria, do meu querido posto de observação?

– Não é melhor tirar as medidas novamente?

– Nunca erro.

– Ninguém é infalível.

– Seu corpo é normal. Se fosse um Chico Bóia...

Eu me recusava a sair de lá. Já vira a velha outra vez. A criança corria pela sala. Alguém ligara o rádio. Claro que não podia ir embora! Olhando pela janela, perguntei ao alfaiate:

– O senhor tem saudades da Itália?

– Nunca estive lá, sou apenas filho de italianos.

– De que província eram seus pais, sr. Biancamano? Sabe que em Pisa há uma torre torta? Já leu a autobiografia de Raquel Mussolini? Já leu Malaparte, sr. Biancamano? O senhor com certeza gosta de talharine, não é verdade? Qual é a melhor cantina que existe em São Paulo? Já sonhou com Gina Lollobrigida inteiramente nua, trabalhando na cozinha? Acha que o comunismo dominará a península, velho Gepeto? Como é o nome de sua excelentíssima esposa?

Queria travar amizade com ele, tornar-me seu íntimo, negociar a compra daquela janela no crediário, mas ele era homem muito ocupado. Além disso, por azar, mãos cruéis fecharam as janelas do casarão.

Voltei à alfaiataria no dia seguinte.

– A prova não está pronta – informou-me o acre sobrinho do sr. Biancamano, que já devia odiar-me.

– Não faz mal, eu estava só passando por aqui... Como é que vai o senhor seu tio? – Dirigi-me à janela. Pedi a um aprendiz que me fosse buscar um café. Fiquei uma hora e meia diante da janela, ignorando o interior da alfaiataria. Se me perguntavam coisas, não respondia. Às seis, um Austin parou diante do casarão amarelo e dele desceu um homem com cara de chave inglesa. Não era o Austin que vira Glória dirigir?

– Vamos fechar – disse-me o nervoso sobrinho de Biancamano.

Tive de retirar-me, com cara feia. Era sexta e só na segunda poderia voltar ao meu posto de observação.

Na semana seguinte, ao entrar na alfaiataria, o próprio Biancamano me deu uma notícia terrivelmente desagradável.

– A primeira prova, senhor.

– Já? – escandalizei-me.

– Mas o senhor não está com pressa?

– Quem lhe disse que estou com pressa?

– O senhor tem passado a tarde toda aqui...

– O senhor se engana, meu amigo, não tenho pressa alguma. O que eu quero é um serviço bem feito.

– Mas a prova está pronta.

Choveu muito aquela tarde e as janelas do casarão não se abriram. Na terça, só uma janela abriu. Nesses dois dias, eu via o dono da alfaiataria trabalhando em minha roupa. Um ajudante costurava uma manga. Tentei distrair o rapaz com uma conversa sobre futebol para que se atrasasse. Quando ele terminou a manga, chamei o sr. Biancamano em particular e lhe disse que o ajudante "matara" o serviço. Que fizesse a manga de novo.

Na quarta, a segunda prova ficou pronta. Notei que queriam terminar a minha roupa o mais depressa possível. Então passei a conversar com o sr. Biancamano e o ajudante, visando impedir que corressem tanto. Contei, inclusive, o que nunca fiz, uma série de anedotas pornográficas. Na quinta vi de novo o Austin parar diante do casarão. Que ligação o dono do carro teria com Glória? Meu Deus, era ela quem surgia à janela e sorria para o homem de cara de chave inglesa.

— Pode vestir.

O sr. Biancamano tinha as calças e o paletó nas mãos.

— Hoje?

— Está pronto. Vá ao vestiário.

— Sofro de claustrofobia, já disse. Me visto aqui mesmo.

Diante da janela, vesti o terno novo, sempre a olhar para fora. Um dos ajudantes foi postar-se ao meu lado, como se quisesse descobrir o que eu espiava. Desajeitado, abotoei as calças. Glória não estava mais na janela.

Com dor no coração, paguei o feitio do terno e tive de me despedir do velho Gepeto. Mas na sexta eu voltava com uma reclamação: o terno não caía bem. Queria uma reforma. O alfaiate obrigou-me a ficar uma hora diante do espelho para provar que me enganara.

— O corte está ótimo.

— Não dá para encompridar as calças?

— Para pisar nelas?

— As mangas estão curtas.

— Não estão.

— Veja que estão.

O sr. Biancamano fechou a cara:

— Nunca tivemos um freguês como o senhor... Já nos aborreceu demais por causa deste terninho. Recuso-me a reformá-lo.

Fui tão descarado que ainda segui até a extremidade

da sala para dar uma última olhada pela janela. Depois, saí, pisando firme, irritado, sem despedir-me. Na porta, gritei:

– Carcamanos ladrões!

Sofri uma crise de nervos no hotel ao ter plena consciência de que perdera meu posto de observação. O que eu descobrira naqueles oito dias? Praticamente nada: que um homem, dono dum Austin, freqüentava o casarão amarelo. Mas que relação havia entre ele e a minha adorada Glória de peitos redondos?

Voltei a percorrer as redondezas do casarão. Com saudade via a placa BIANCAMANO E SOBRINHO – ALFAIATE. Mas tive felizmente outra idéia: ao lado da alfaiataria havia uma janelinha com uma velha tabuleta: PENSÃO ESTRELA – COMIDA CASEIRA. A pensão, porém, não servia refeições depois das duas horas. Teria de freqüentá-la por outras razões.

Numa tarde, aparentemente tranqüilo, subi as escadas da Pensão Estrela. Um cheiro de comida azeda era a sua marca registrada, o cheiro que teria de suportar muitas vezes ainda. Uma velhinha, embrulhada num xale, recolhia pratos e talheres de pequenas mesas. Um rapaz manco varria. Segui delicadamente para a janela. Lá estava o casarão amarelo. Era como se eu tivesse sentado no cinema numa das filas laterais. A visão, inferior à da alfaiataria, mas também boa. Vi pessoas se movimentarem; Glória estaria entre elas, porém não a distinguia. Debrucei-me no peitoril.

– O que o senhor quer?

Voltei-me e vi a velhinha. Devo tê-la fuzilado com o olhar, pois a coitada assustou-se. Meu primeiro impulso foi o de contar-lhe tudo. Talvez pudesse compreender. Tratei de ganhar tempo...

– A senhora...

– Sou a dona da pensão.

– Ainda servem refeições? – Eu planejava puxar uma das mesas para perto da janela.

A velhinha me olhou como se estivesse diante dum imbecil. Não percebia que já limpavam as mesas?

– Às duas fechamos a cozinha. O senhor chegou tarde.

Tarde? Chegara na hora. Olhei novamente pela janela. Vi claramente Glória brincando com a criança. Seria seu filho? Quem sabe tinha um filho, sem que a família soubesse, e estava cuidando dele naquela casa? Hipótese viável.

– Não vim para comer – disse.

– O quê?

– Como em restaurantes, de preferência franceses. A comida daqui é limpa? Quantas calorias a senhora põe à mesa? – Pensei em fazer-me de fiscal, mas tive pena de assustar a velhinha.

A pobre empalideceu: a cozinha não devia ser limpa.

– Somos até muito... – Olhou ao redor, procurando auxílio. E o auxílio veio: o marido da velhinha, magrela, de cabelos ralos, pele muito branca, olhinhos vivos.

– Não sou fiscal – fui dizendo.

Os dois se entreolharam. Ele, mais corajoso, falou:

– Já vieram diversos fiscais aqui, nunca encontraram nada errado. Estamos estabelecidos há muitos anos.

Pus-lhe a mão no ombro, querendo ser simpático.

– Já disse que não sou fiscal.

– O senhor trabalha em?

– Imóveis. A minha é a Imobiliária São Lucas. Estamos muito interessados neste conjunto.

O casal foi atingido por um raio.

– O senhor quer comprar? Não somos os donos.

– Sei disso.

– Estamos aqui há vinte anos.

– Vinte e dois – ela corrigiu como se fosse esse um grande argumento.

– Vim para ver se o conjunto é do nosso agrado –

disse, encostando-me à janela. Glória ainda brincava com a criança sob um feixe de luz do sol. – O prédio, sem dúvida, é bom. Uma rua muito central. Condução farta. Acho que vamos fazer uma oferta ao dono...

A velhinha tremia de dar pena:

– Quer dizer que teremos de sair?

A paixão me tornava cínico e mau:

– Se comprarmos, não haverá outro remédio, minha senhora...

– Já falaram com o proprietário? – quis saber o velhinho, aflito.

– Ainda não.

A conversa, pausada, me favorecia. Agora Glória brincava com o menino no ângulo da outra janela. Estava bonita num vestido azul. O garoto dava gritos.

– Se o senhor comprar, quanto tempo teremos para...

– Com um bom advogado vocês se agüentam seis meses.

– Advogado? Nós? Impossível.

A velhinha segurou-me o braço. As mulheres sempre entregam os pontos antes:

– Meu senhor, esta pensão não dá nada. Ninguém gosta de subir dois andares para comer. Se vamos vivendo é porque o aluguel é antigo. Saindo daqui, não poderemos abrir pensão noutro lugar.

Era um drama, eu reconhecia. Senhores deputados: nunca revoguem a Lei do Inquilinato. Protejam os aluguéis antigos, principalmente os velhinhos que pagam aluguéis antigos. Era um drama, sim, mas eu também tinha o meu drama.

– Gosto deste trecho da cidade – disse. – O ar aqui é excelente. Dizem que faz bem aos pulmões.

Os velhinhos nunca tinham ouvido dizer isso. Ar excelente o duma rua central, intoxicado pela fumaça de cem mil ônibus? Era uma novidade de estarrecer.

58

– A imobiliária pretende comprar para quê?

– Temos um cliente em vista. Um iogue. Sabem o que é um iogue? É um hindu que pretende dar aulas não sei de quê. É um homem muito famoso, amigo íntimo de Kennedy e de sua elegante esposa.

Fiquei com nojo de mim mesmo ao contemplar o casal de velhinhos ameaçados de despejo. Nunca mais teriam sua pensão e sem ela estariam condenados. Não possuíam filhos nem parentes. Trágico. Ah, o Austin parava na porta do casarão.

– O senhor vai fazer uma péssima compra – disse o velho.

Como dar atenção àquele idiota? Precisava ver quem dirigia o Austin. Creio que se tratava do homem de cara de chave inglesa.

– Aqui há ratos – balbuciou a velha. – Ratos enormes.

– O hindu tem uma coleção de ratoeiras que ganhou dum marajá.

Foi a vez do marido:

– O prédio está caindo aos pedaços. Por que a imobiliária não compra um conjunto novo?

– Acho que esse me convém – respondi. – Agrada-me o panorama e o hindu também vai gostar.

O velhinho espiou pela janela:

– Que panorama?

A velhinha ajuntou-se a ele:

– Daqui só se vêem prédios velhos.

O panorama, de fato, era horrível.

– Para muitos – expliquei – o feio é o belo.

– O senhor disse?

– O feio é o belo – gritei.

Para disfarçar um pouco minha intenção, passei pela sala. O conjunto era pouco maior que o do alfaiate, mas parecia ainda maior porque não possuía divisões. Andei duma extremidade a outra, medindo os passos. Quantos metros de largura e quantos de comprimento? Olhei o teto.

– Tem boa altura.

– Isso tem, mas é tão feio! Não entendo como o senhor pode gostar.

– Estou apaixonado pelo conjunto – confessei.

E havia mesmo a marca da paixão em mim. Enquanto andava, os velhinhos me seguiam. Há anos temiam que surgisse um comprador para o conjunto, o que representaria o fim deles. Ao voltar à janela, o Austin engatava a primeira. Não pude ver se Glória ia nele.

– Voltarei amanhã – despedi-me.

Na tarde seguinte, entrei na Pensão Estrela e me coloquei diante da janela. Trazia uma novidade: um binóculo. Apenas uma das janelas do casarão amarelo estava entreaberta. Não dava para ver nada.

– Ah, é o senhor?

Era o dono da pensão.

– Aprecio o panorama.

– Quer ver como está a cozinha? O encanamento estourou.

O que eu tinha com isso?

– Não sou encanador, meu amigo.

– O encanamento do prédio está podre. O senhor terá de se aborrecer muito para...

– Isso não é comigo, é com o hindu.

A velhinha entrou em cena: devia ter envelhecido mais uns cinco anos naquela noite. Tentou sorrir para subornar-me.

– Quer bolinhos? – perguntou.

Eu não almoçara. Há dias que não almoçava direito. Aceitei os bolinhos, que vieram num pires. Preguei os olhos no casarão amarelo, tão grande e misterioso.

O dono do estabelecimento avizinhou-se com ar sutil:

– Há muitos conjuntos melhores nesta rua...

Com o binóculo eu via algo mover-se dentro do casarão amarelo.

– Quem mora nessa casa? – perguntei.

– Não sabemos, não nos damos com vizinhos.

Mais uma esperança que eu perdia. Tive ódio do velho e da velha. Todos os velhos se interessam pela vida dos vizinhos, menos eles.

– Quer mais bolinhos?

A velha lutava para conquistar minha simpatia. Arrastou-me para a cozinha e mostrou-me a pia toda quebrada, os ladrilhos soltos, as portas sem trinco. Como eu entregaria ao hindu o conjunto naquelas condições? Eu já pensara no custo da reforma?

– A senhora não conhece os hindus. Eles não ligam para essas coisas... Vêm de um país ainda mais pobre do que o nosso. Mas se acalme, a compra ainda não foi feita. Estou apenas observando, amanhã eu volto.

No outro dia fui encontrar os velhos com uma folha de papel escrita a lápis. Eram endereços de conjuntos daquela e de ruas próximas que poderiam interessar à imobiliária. Todos muito bons, bem conservados. Um deles apresentava uma vantagem: não tinha inquilinos. O próprio dono da pensão se incumbira de organizar a lista, percorrendo o bairro com sua velhice e seu reumatismo.

– Minha imobiliária tem métodos diferentes de trabalho – expliquei. – Não interessa a ela o conjunto em si, entenderam?, e sim a visão exterior, o que se descortina da janela.

Os velhinhos não entendiam isso:

– Esse prédio mais cedo ou mais tarde será derrubado...

– Que derrubem. O problema é do hindu.

Aí assisti a uma cena tocante: a velhinha atirou-se no meu ombro e começou a chorar. Suas lágrimas me molhavam a roupa. Disse que o marido passara a noite em claro. Se tivessem de abandonar o prédio, seria preferível a morte.

— Não compre, senhor — ela implorou.

— Por favor, não chore assim.

— Somos velhinhos, não vê?

Abracei a velhinha. Eu também tive mãe, avó e tias velhas. Não podia torturar mais aquela gente. Acariciei-lhe os cabelos brancos, enxuguei-lhe as lágrimas com meu lenço.

— Está certo, não compro.

— Muito obrigada, meu filho — ela agradeceu, tão feliz.

O marido ouvira o fim do diálogo e estava radiante.

— Apenas queria que me deixassem apreciar um pouco mais o panorama. Sou pintor nas horas vagas e me fascinam essas casas velhas.

Permitiram generosamente. Pus o binóculo nos olhos.

Cinco minutos depois, vi o Austin parar diante do casarão. Glória, radiante e fresca, saiu à porta. Empalideci.

— O que sucede? — a velha quis saber.

Não me contive: diante dos velhos estupefatos, corri para a porta como um doido. No corredor, topei com o sr. Biancamano, que entrava. Quase o atirei no chão. Desci as escadas de três em três degraus. Ao chegar à rua, o carro já partira.

No dia seguinte não pude voltar ao meu posto de observação: seria descaramento demais. Vaguei pela cidade feito um possesso: em todas as mulheres descobria semelhança com Glória. E não podia ver um Austin sem me pôr a tremer dos pés à cabeça. Sentado num bar, bebericando uma cerveja, lembrei-me de consultar o dr. Machado.

Já o conhecia e precisava dum psicanalista, um médico como o dr. Machado, com quem tivesse franca liberdade de confessar os meus problemas. Só um médico poderia salvar-me da loucura.

Entrei no consultório com ar apalermado. Larguei-me numa poltrona, olhando o médico. Era eu quem fazia perguntas:

— Que idade tem, doutor?

— Quarenta e dois.

— Casado?

— Casei-me recentemente.

— Já amou desesperadamente? Ou melhor, sabe o que é uma dor-de-cotovelo? Sinceridade, doutor.

Ele interessou-se pelo meu caso. Era um homem sensível e até há pouco fora um solteirão. Amara uma enfermeira. Moça feia e sem graça, mas a amara sem limites. Contei-lhe o meu caso, inclusive os episódios da alfaiataria e da Pensão Estrela. Ouvia atento.

— Que imaginação o senhor tem! — disse em tom de elogio.

— Ela é que me mata. O que devo fazer, doutor, para me livrar disso?

Dr. Machado passeou pela sala. Disse:

— Em primeiro lugar, sexo aplicado. Se puder ter relações sexuais duas vezes por dia, muito melhor. Era o que eu fazia para me esquecer de Helena. O melhor caminho é enjôo da carne feminina.

Eu entendia.

— Deu resultado no seu caso?

Dr. Machado largou-se numa poltrona:

— Não.

Engraçado: como dava um conselho ciente de que não obteria resultado?

— O que o senhor fez depois?

Dr. Machado, sem olhar-me, recordava. As lembranças davam-lhe prazer e dor ao mesmo tempo.

— Um dia me meti num cargueiro. Prendi-me num cargueiro, entendeu? Fui dar na Argentinha. Um mês na

Argentina, bebendo, correndo atrás de mulheres e dançando tango. Quando voltei, Helena havia-se mudado para o norte.

Arrependi-me de consultar aquele médico. Ele não me abria nenhuma porta para a fuga a não ser a de um melancólico cargueiro rumo à Argentina.

Levantando, anunciei:

— Tive uma idéia: já que perdi meus postos de observação, vou alugar um Volkswagen e estacioná-lo diante do casarão amarelo. Ficarei lá dia e noite até descobrir algo.

Para minha surpresa, o médico achou a idéia excelente:

— Isso não me ocorreu em relação a Helena. Parabéns.

— O que o senhor disse?

— Parabéns.

Mais animado, decidi:

— Começo já.

Na porta, dr. Machado, jeitosamente, me perguntou:

— Onde fica esse casarão amarelo?

Num *self-drive* aluguei um Volks velho, vesti uma capa de chuva, pus óculos pretos e parti para o casarão. Levava sanduíches, bolachas, empadinhas, como se fosse faze um piquenique. Ah, e o litro... o litro era indispensável porque ninguém pode ficar muitas horas sem urinar.

É estranha a sensação de ter de permanecer horas e horas num carro parado. Deve ser mais agradável percorrer a Belém-Brasília, dando vivas a JK. Uma rua é monótona sempre, por mais movimentada que seja. O pior era quando a noite caía. No primeiro dia vi Glória entrar no casarão e só sair de madrugada. Estava tão cansado, que dormi dentro do carro. Acordei cedo, com a rua iluminada. Ao meio-dia o Austin parou na frente do meu Volks. O homem de cara de chave inglesa saiu, levando uma mala. Pude vê-lo mais de perto: era antipático, porém bem-vestido. Nesse dia, só me distraí um pouco quando Glória saiu, apanhou um táxi e foi para o apartamento da tia. Assim, dirigindo dois quilômetros, desenferrujei os músculos. Ela dormiu no apartamento, mas logo cedo recebeu a visita do homem do Austin. Imaginei que o fulano estava convencendo a tia a deixar Glória viver com ele.

Nessa noite acabaram-se minhas provisões: comprei mais sanduíches, empadas, pastéis e amendoins. Comprei revistas e um livro policial. À tarde, tive fortes dores nas pernas. Felizmente Glória saiu e pude mexer-me, acompanhando-a, no Volks, até o maldito casarão amarelo.

Para minha surpresa, no começo da noite o dr. Machado pôs a cara na janela do meu carro.

— Novidades?

— Dr. Machado!

— Posso entrar?

Entrou e ficou comigo até às dez horas. Nesse tempo, contou-me com minúcias o seu caso com a enfermeira. Se na ocasião tivesse tido a idéia do *self-drive*, descobriria com quem Helena o traía. Ao ver o litro, felicitou-me e teceu novos elogios à minha imaginação.

O dia seguinte era sábado e o dr. Machado voltou. Disse que dispunha de mais tempo.

— Que tal este posto de observação? — perguntou.

— Oferece algumas vantagens sobre a alfaiataria e a pensão. Pode funcionar nos sábados e domingos e a qualquer hora.

— É verdade — confirmou dr. Machado. — Mas o que apurou até agora?

— Acho que nada.

— Persista.

Eu e o dr. Machado não tirávamos os olhos da porta do casarão. Observei que se impressionara demais pelo meu caso e revivia através dele o seu próprio drama de ciúme. Estava fazendo o tempo recuar. Para ele, quem estava no casarão não era Glória e, sim, a sua Helena enfermeira, e excitava-se.

– Lá vem o Austin – informou-me, mais vigilante do que eu mesmo. – Não se distraia, rapaz.

Bem me haviam prevenido de que todos os psicanalistas são doidos! Só um louco é capaz de se interessar tanto pela loucura alheia. Com um médico desses, eu não podia ficar curado.

– É uma visita rápida, logo o homem sai.

O dr. Machado ficou comigo mais de uma hora, depois despediu-se. No domingo, voltaria para ajudar-me. Homem de palavra, voltou mesmo. Trouxe frutas. Sentou-se ao meu lado e quase não conversava, com os olhos no casarão.

– Como estou cansado – lamentei.

– Agüente firme.

– Quatro dias que estou dentro deste Volks.

Ele não se comovia com meu aspecto físico. Queria a solução do problema. O homem do Austin seria amante da moça? E quem era aquela criança? Num momento em que o menino saiu à porta, o dr. Machado examinou com o binóculo. Também desconfiava de que fosse filho de Glória. Quando não tinha assunto, o médico roía as unhas e fazia cacoetes.

Na segunda-feira ele reapareceu com um amplo sorriso:

– Sabe que amanhã é feriado?

– E daí?

– Podemos ficar o dia inteiro, observando.

Eu podia suportar a minha própria loucura, mas suportar também a loucura dos outros era demais. Além disso, tinha ciúme do dr. Machado. Por que se interessava tanto pela minha Glória?

Apesar da irritação que se apossava de mim, sentia-me mais satisfeito no feriado com a companhia do dr. Machado. Era melhor do que a solidão. Ele me confortava, lembrando o sacrifício dos astronautas dentro de pequenas celas. Para reanimar-me, aplicou-me uma injeção de não sei quê no braço. Mas o tempo todo olhava para o casarão amarelo.

– Lá vai ela! – exclamei.

– Vamos segui-la! – bradou o médico.

Glória apanhou um táxi, mas a minha perseguição não foi longa. Os músculos emperrados me fizeram dirigir sem perícia e fui esbarrar num pesado caminhão. Nem quero contar o aborrecimento que isso causou a mim e ao dr. Machado.

Devolvi o carro amassado ao *self-drive*. O proprietário do estabelecimento estranhou que em oito dias eu só rodasse sete quilômetros. Acusou-me de ter alterado o marcador para não pagar o excesso. Não pude convencê-lo do contrário.

A grande desgraça era a chegada do fim das minhas férias. Como voltar ao trabalho se meu ciúme me ocupava tempo integral, com horas extras e sem descanso aos sábados e domingos? Desnorteado, procurava dr. Machado em seu consultório. Deixava, afoito, qualquer cliente para atender-me. Costumava consolar-me assim:

– Você não conquistou a pequena, mas está vivendo grandes emoções.

Isso não me consolava, o que eu queria eram novas idéias que me ajudassem a solucionar o mistério do casarão amarelo. Dia e noite quebrava a cabeça à procura de outro caminho. Mas sejamos justos: o dr. Machado me ajudou nesse trabalho.

Finalmente, juntos, tivemos outra idéia, ousada, corajosa, terrível. Vou entrar no casarão amarelo. Repito, se quiserem! Vou entrar no casarão amarelo! Como? Sobre a minha cama, muito bem passado e limpo está um uniforme de bombeiro. Só Deus sabe com que sacrifício o consegui. Vestido de bombeiro e com um enorme bigode Glória não vai me reconhecer. Na verdade, não pensei ainda no pretexto para entrar na casa. É um detalhe sem importância. Inventarei na hora qualquer coisa... Farei ao homem da cara de chave inglesa, à velha, ao menino e a Glória uma preleção contra os fogos de artifício, já que o mês de junho está aí. Também não inventei uma estória antes de entrar na alfaiataria e na Pensão Estrela.

O próprio dr. Machado gentilmente se ofereceu para levar-me em seu carro até a porta do casarão amarelo. Ficou na rua, à espera dos resultados. Homem humaníssimo, bem sabe quanto dói uma dor-de-cotovelo. Despedime dele como quem parte para uma guerra. Em meu uniforme de bombeiro, cheguei até a porta. Dr. Machado me fez sinal para ajeitar o quepe... Parei um instante, mas prossegui. Comecei a subir os degraus da casa com emoção. A primeira pessoa que vi foi o menino:

– Glorinha, tem um "sordado" aí...

O GUERRILHEIRO

I

– **V**amos marcar a ação para sábado, não? – calculou, soturno, o homem calvo que chefiava a reunião.

Seis pessoas, reunidas no *atelier* de um pintor, no decadente bairro de Vila Buarque, conspiravam e fumavam. O artista, papel e lápis sobre a mesa, dava contornos nervosos a um coquetel Molotov. Mariano, a seu lado, acompanhava os traços subversivos lembrando que não bebera nada aquela noite. Coisa grave.

– Sábado é bom – concordou Gianini, meneando a cabeça.

Havia também um arquiteto e um estudante. Todos de acordo e não muito preocupados com o futuro. A conspiração cansa; o momento da ação chega a ser um alívio. Desde abril os guerrilheiros se encontravam, ora naquele *atelier*, ora no Canto do Galo, ora no quarto infecto do Gianini.

– Bem, então é sábado – decidiu o calvo. – A gente começa às duas da madrugada.

Mariano fechou a cara. Ergueu-se, agitado, dirigiu-se à pequena janela do *atelier*, acendeu um cigarro e bradou:

– Sábado não posso.

Os outros também saltaram de pé. Ninguém queria novo adiamento.

– Por que não? – quis saber o arquiteto.

– Assunto particular.

Gianini acercou-se de Mariano e o tocou com seus dedos grossos.

– Você estava com tanta pressa!

– Sábado, não, já disse.

– O que vai fazer? – insistiu Gianini.

Mariano sentiu que não podia esconder mais a verdade. Corajosamente encarou os colegas e com muita dignidade revelou:

– Sábado vou dormir com Marlene.

Todos se entreolharam, decepcionados. A nascente organização terrorista sofria o primeiro abalo. Um dos próprios membros a ofendia rudemente.

– Marlene é uma puta – trovejou Gianini.

– Eu sei – confirmou Mariano, altivo.

Gianini fez nova tentativa:

– Sábado você não pode faltar.

Mariano não queria discussão.

– Não contem comigo pra sábado, tá?

O pintor rasgou o desenho da Molotov.

– Certamente não podemos contar nunca.

O rebelde tomou ares de desafio. Começava a perder a paciência. Ninguém era capaz de entender o que sentia por Marlene. Foi às últimas conseqüências.

– Por que não me expulsam da organização?

Devia ser bravata, pois estremeceu quando o homem calvo, o chefe do grupo, replicou com segurança:

– A porta está aberta. Ou começa sábado conosco ou sai.

Mariano sorriu nervosamente e começou com um acento terrível na voz:

– Mal fundamos nossa organização e o maldito fascismo já se instalou aqui. Odeio os radicais. Sou um revolucionário, sim, mas não quero perder a santa liberdade de ir e vir.

Ir e vir ao quarto de Marlene. Os demais não quiseram desperdiçar argumentos. Um guerrilheiro não pode amar senão a revolução.

Apenas Gianini, com seu coração enorme, ainda tentava detê-lo:

– Esqueça a vaca da Marlene e fique conosco.

Mariano, já sereno, sacudiu a cabeça:

– Não quero mais saber de organizações assim. – E declarou em alto e bom som: – Vou trabalhar por conta própria.

Gianini, comovido, não queria ver o amigo partir.

– Contra duzentos mil soldados?

– Não perguntei o número.

O italiano abriu os braços.

– Então, vá!

O rebelde olhou mais uma vez o grupo e retirou-se, a passos firmes, descendo uma escadaria comprida que levava ao térreo. O homem calvo, furioso, correu ao corrimão e berrou:

– Dê parte à polícia, se quiser.

Lá no fundo, uma voz respondeu:

– Fascista!

II

É muito difícil, para nós mortais, julgar corretamente o comportamento humano. No caso Mariano, por exemplo, a gente fica sem saber o que pensar. Traidor? Fracalhão? Covarde? O fato concreto, porém, é o que vale. E foi ele registrado em ata na mesma noite: "Expulsamos do nosso seio o guerrilheiro Mariano, rebelde e leviano demais para pertencer a esta organização".

Seria falso também dizer que o cinismo de Mariano

não lhe permitia sofrer a rigorosa penalidade. Ao alcançar a rua, olhou para o alto e viu a luz do *atelier*. Em frente, o terreno baldio das experiências bélicas. Teve vontade de chorar. A missão de que haviam se incumbido era perigosa e fugir dela, sob qualquer pretexto, pareceria covardia. Na verdade não tinha medo. Já até afirmara (embora embriagado) que daria a vida por uma causa justa. Lembrava-se: a idéia nascera de Gianini, o grande Gianini das noites boêmias.

— Você é macho, Mariano?

— Duvida?

— Ama e respeita sua pátria?

— Como minha própria mãe.

— Mas você não disse que sua mãe...

— Bem, o que você quer saber?

Bebia-se vinho e Gianini estava dramático e soturno. Tinha uma cara enorme e bulbosa. Bom homem.

— Daria a própria vida pelos seus irmãos?

— Sim. Isto é, acho.

— Olhe-me bem nos olhos — exigiu Gianini.

— Olho.

— Você topa uma revolução? — inquiriu o italiano.

Mariano e Gianini tiveram, assim, o primeiro contato político. Na noite seguinte, Gianini surgia no bar com o pintor. Ambos andando firme e de braços dados, como marido e mulher. Estacaram diante da mesa onde Mariano, acalorado, liquidava o quinto gim-tônica.

— Este é dos nossos — informou Gianini, e puxou duas cadeiras. Sentaram-se.

Mariano não entendeu.

— Dos nossos?

— Já esqueceu, imbecil! — E apontou o artista. — Gino pensa como nós. Também acha que passou o tempo dos panos quentes. Não é verdade, Gino? Fale pra ele.

Gino olhava o gim de Mariano.

– Estou para o que der e vier.

– Ele foi maçom – acrescentou Gianini. – Pedreiro livre. Morre mas não abre a boca. Um túmulo.

A organização nascia. Com voz baixa, mas audível em todo o bar, Gianini fez um breve discurso.

– Hoje somos três, amanhã seremos milhares. É assim mesmo. Não diga nada! Eu sei como as coisas acontecem. Estamos aqui como pacatos cavalheiros, gente comum, meus amigos, gente que sofre. Mas quando a noite cai viramos guerrilheiros. Um Molotov aqui, outro Molotov ali. É um quartel que voa. Um ministro que pega fogo quando ia visitar a amante, sim, senhores. De manhã cedinho, corre-se para as bancas. Não diga mais nada! Leremos tudinho nos jornais. E voltaremos aqui, neste mesmo bar, para tomar nosso vinho que você, meu caro Mariano, pagará com toda certeza.

– Até o dia que nos apanharem – atalhou Mariano, pessimista.

– Não diga nada – implorou Gianini, de mãos postas. – Vocês não têm o dom da profecia. Até que um dia tudo será feito às claras. A gente vem aqui, põe os Molotovs em cima da mesa, bebe e depois vai para o trabalho. Sangrar o capitalismo. E um dia, bonito como o dia em que nascemos, iremos todos para Brasília.

– Fazer o quê?

– Não diga nada, você não sabe adivinhar. Vamos desfilar em cima de um tanque, nas longas avenidas, sob uma chuva de flores e confetes, e receber os abraços dos candangos e de suas respeitáveis esposas.

– Isto é belo!

– Cale a boca, Mariano, não estou brincando.

– Quem disse que você estava brincando?

Não estava mesmo; Gianini movimentou-se muito

nesses dias. Atraiu o engenheiro Simão para o grupo, e um dia em que falou demais no bar, conquistou sem saber um novo adepto que estava na mesa ao lado – o estudante Raul. Faltava um chefe. Modesto como era, Gianini não quis ser chefe.

– Mas precisamos de um líder – reconhecia. – Seja você, meu caro Mariano.

– Bebo demais no inverno, e o inverno está aí.

Gino e Simão recusaram também a honraria e o estudante era novo demais para comandar. O chefe, porém, foi descoberto. O tal homem calvo, que tinha realmente cara de líder e que não era um emocional como Gianini. Inclusive já participara de movimentos políticos.

– Para começar bastam seis – decidiu Gianini. – Não aceitamos outros por enquanto. E vejam o que eu trouxe – disse tirando do bolso um caderno dobrado.

– O que é isso?

– O livro de atas.

Mariano já bebera demais naquela noite, mas continuava lúcido.

– Guerrilheiros não têm livro de atas.

– Um pouco de formalidade não faz mal. E se um dia a polícia nos puser a mão a gente come o livro – advertiu Gianini.

– Você, come.

– Está bem, eu como.

O livro de atas foi realmente uma boa invenção e comovidamente Gianini registrou nele, com sua larga caligrafia, o resultado do primeiro dia. Os guerrilheiros assinaram nomes supostos. Cada um custou meia hora para encontrar o seu. Mariano assinou o próprio nome e so ele *El Matador*. Passaram, então, a ter reuniões bissemanais. Ordinariamente começavam com a leitura da ata anterior. Depois, o líder fazia levantamento da situação presente do país, seguido por Gianini que ditava profecias. Mas, logo reconheceram, isso era muito pouco.

III

Embora falasse demais, Gianini não esquecia o lado prático das coisas. Numa reunião em que apareceu generosamente com um litro de vinho, coube a ele dar o primeiro passo decisivo.

– Você tem copos, Gino?

O engenheiro respondeu com um protesto:

– Evitemos o álcool. A gente acaba perdendo o contato com a realidade.

– Você não sabe nada. Os copos.

Gianini dividiu o vinho fraternalmente.

– Muito bom, o vinho – comentou Mariano.

– Não me preocupo com o conteúdo do litro – asseverou Gianini. – O que eu queria era isto: a garrafa vazia. Parece inofensiva, não é? Pois se enganam. Isto cheio de petróleo e com um pavio na rolha é uma terrível arma de guerrilhas. Tem provado bem em muitos países. Será que não conhecem o coquetel Molotov de um sabor amargo para o capitalismo?

O chefe sorriu, irônico:

– Pensava que eu não soubesse?

– Bem, não é uma invenção minha, mas até agora nada fizemos.

Mariano apanhou a garrafa com um ar encantado.

– Então isto é a Molotov?

– Falta-nos gasolina – observou Gianini. – Senão, já começávamos o trabalho de engarrafamento. Não se pode perder tempo.

O chefe lembrou:

— Há uma bomba de gasolina aí embaixo. Temos um velho regador no quarto da empregada. Deve caber uns seis litros.

— Garrafa você tem? – inquiriu Gianini.

— Não.

— Primeiro compremos as garrafas.

— Quanto custa uma garrafa vazia? – quis saber Mariano.

Gianini explicou:

— Os bares e empórios não vendem garrafas vazias. Precisam delas para renovar o estoque de bebidas. Tenho uma idéia: compremos meia dúzia de litros de vinho. Você, Gino, pega o regador e vá ao posto de gasolina. É melhor fazer assim... uma festinha de pacatos cavalheiros... não dá na vista. Comprar garrafas vazias é um tanto suspeito. Aqui não mora nenhum garrafeiro.

Mariano prontificou-se a comprar o vinho e desceu com Gino, que levava o regador. Começava a entusiasmar-se pela organização e simpatizava com a idéia de que uma garrafa, depois de vazia, pudesse se transformar numa agressiva arma de guerrilheiro. Minutos depois, subia com o vinho e um belo queijo amarelo, pois o álcool sempre dá fome.

Gianini, solícito, mas com cara de incendiário, abriu os litros, prevenido de que aquilo não era nenhuma comemoração antecipada. Tratava-se simplesmente da primeira etapa da fabricação de armas bélicas.

O estudante, afoito, sugeriu:

— Vamos jogar o vinho na pia, assim a gente logo apronta as bombas.

Gianini endereçou-lhe um olhar odioso:

— Nossos irmãos rio-grandenses não trabalharam para ver seu produto jogado na pia.

Minutos depois, Gino chegava com o regador.

— O que é isso? – indagou Gianini, distraído.

– A gasolina.

– Que gasolina? Ah, sim, a gasolina...

Comendo queijo e bebendo vinho, os guerrilheiros se curvaram sobre um mapa da cidade. Com uma lente, soletrando, Gianini ia lendo os nomes das ruas. A algumas dava um acento exageradamente romântico, acordado por velhas reminiscências.

– Aqui tem uma ponte – mostrou com os dedos grossos.

– Vamos destruí-la? – indagou o estudante.

– Não, esta não. Conheço uma velhinha que mora do outro lado. Ela precisa da ponte.

Mariano desejava aprofundar-se mais no espírito da revolução. Sempre fora homem pacífico, mas queria participar de uma luta verdadeira. Não lhe parecia útil ficar lendo nomes de ruas como se estivessem à procura duma casa para alugar.

– Esperem aí. Vamos para as montanhas, lutar nas montanhas. Pelo que sei é por onde se começa.

Professoral, Gianini explicou:

– Há guerrilheiros de montanhas e de asfalto. Não somos camponeses. Nosso campo de ação deve ser aqui. Por outro lado, a fuga é mais fácil. Se o perigo aperta, toma-se um bonde ou táxi e se esconde.

– Compreendo.

Uma hora depois, os litros estavam vazios. Gino apanhou o regador.

– Acham suficientes seis litros? – indagou Gianini. – Ou é pouco?

Cantarolando uma canção pornográfica da guerra da Espanha, o próprio Gianini encheu os litros. E com muita habilidade perfurou as rolhas para colocar o pavio.

– Será que isto funciona mesmo? – duvidou Mariano.

– Façamos uma experiência – disse Gianini.

Os outros se atemorizaram.

– Onde?

Gianini foi até a janela. Do outro lado da rua, havia um terreno baldio.

– Você vai jogar, vai?

A turma desconhecia a coragem que o vinho dava a Gianini. Imediatamente, com seu enorme isqueiro, acendeu o pavio. Ensinou:

– Não é preciso ter pressa para arremessar.

– Por Deus, jogue logo.

– Jogue!

Com seu braço curto, mas robusto, Gianini lançou o litro, que descreveu uma longa curva no espaço até o terreno abandonado. Uma vasta chama se ergueu com um surdo rumor. Em seguida, o fogo se estendeu por um longo trecho do terreno. Um mendigo que dormia ali saiu correndo. Na janela, os seis guerrilheiros, exultantes, bradaram e abraçaram-se ruidosametne. Gianini viveu momentos de glória. Como tudo lhes pareceu fácil depois daquele instante!

À saída da reunião, já na rua, Gianini comentou com Mariano:

– Sabe que nem percebi se o vinho estava bom?

– É cedo, ainda. Que tal se fôssemos tomar mais um litro? Eu também não estava preocupado com o paladar.

IV

A vida de guerrilheiro, embora não tivesse ainda efetuado nenhuma operação, causou em Mariano uma profunda mudança. Sentia-se investido de uma nova responsabilidade e ligado a uma coisa vasta e imponderável que era o próprio futuro do país.

Via tudo com outros olhos. Por exemplo: um mapa

deixara de ser para ele um papelão impresso para ganhar uma misteriosa significação. Como guerrilheiro, precisava conhecer perfeitamente a cidade, as montanhas e rios. Ao passar por uma ponte, imaginava: "talvez algum dia eu tenha de destruí-la". Se visse um militar, dizia consigo mesmo: "ele não sabe quem sou, mas um dia nos encontraremos". Por outro lado, o homem simples do povo despertava-lhe ternura imensa. Todos: o cobrador de bonde, o leiteiro, o engraxate, a mulher que vende flores, o barbeiro. "Não posso lhes dar dinheiro", pensava, "mas lhes darei meu sangue." Certamente, o reverso da moeda era o ódio que nascia no estômago e tinha os sintomas de uma doença. Qualquer milionário que passasse nos seus carros luxuosos fazia seus nervos vibrarem. Costumava dar pontapés nos pneus dos Mercedes-Benz e Cadillacs. Adquirira também o hábito de andar, ele que sempre fora preguiçoso. Quilômetros e quilômetros, como um motomaníaco, através das noites, observando gente e edifícios.

– A revolução está em mim – disse um dia a Gianini.
– Eu a sinto. Cresce dentro de mim.

– Você ainda será comissário do povo – profetizou Gianini.

– Meu caro, é bom ser guerrilheiro.

– Claro que é bom.

Mariano realmente andava apaixonado pela sua nova posição na vida e exprimia-se em termos poéticos. Certa vez, bateu a mão espalmada no ombro de Gianini e comentou:

– Gianini, a morte é bonita.

O outro dormia sobre a mesa do bar.

– O quê?

– A morte, eu disse. É bonita.

Já não tinha conversa para os velhos amigos. Se os encontrava, nada dizia ou apenas sorria com superioridade. "Se pudessem adivinhar...", pensava. "Sou um guerrilheiro e eles não sabem disso. Imaginam que sou o mesmo, aquele boêmio que era."

Numa das reuniões, exigiu:

— Vamos marcar logo a data da ação. Me tornei uma fera, meus amigos.

Gianini examinava o minguado estoque de Molotovs.

— Fazer o que com seis garrafas?

— De fato é pouco.

— Desça e compre meia dúzia de garrafas de vinho, Mariano.

Mariano, sacrificando-se pela organização terrorista, subia as escadas do apartamento de Gino, com as garrafas de vinho. O pintor, no mesmo tempo, ia encher o regador na bomba de gasolina. No fim da noite, tendo bebido o vinho, guerrilheiros arremessavam algumas bombas no terreno baldio como treinamento. Certa noite, queimaram um cão vira-lata. Gianini, velho sentimentalão, correu a socorrer o cachorro. Levou-o ao apartamento lacrimejando.

— Vejam em que estado está o pobre. Precisamos cuidar dele.

O pintor reagiu:

— Não quero cachorro no apartamento.

— Somos guerrilheiros, mas não somos desumanos – declarou Gianini. – Este cachorro é a primeira vítima inocente que a revolução faz. – E concentrou-se: – Precisamos batizá-lo. Vamos escolher o nome de um grande revolucionário.

Mariano ponderou:

— Não fica bem dar o nome de homem a um cão.

— Quem disse?

— Eu digo.

O estudante teve uma idéia:

— Vamos chamá-lo de Camarada.

Todos aprovaram e Gianini pediu que o fato fosse registrado em ata.

– Os guerrilheiros sérios usavam cachorros. Este ainda poderá ser útil.

No fim daquele mês, Mariano resolveu fazer um levantamento do estoque de bombas. Tinham oitenta e duas. Quase não cabiam mais no minúsculo apartamento.

– Agora chega! – bradou o engenheiro. – Se aumentarmos o estoque, meu fígado estoura.

Embora todos achassem que bombas nunca são demais, já era chegada a hora da primeira ação. Sentaram-se os seis ao redor da mesa, muito sérios, pensativos. No chão, Camarada devorava um enorme bife. Refizera-se das queimaduras e engordava. Gianini costumava embebê-lo em água-de-colônia.

– Bem... o que vamos fazer? – inquiriu Mariano.

Todos o olharam com firmeza. Já ninguém reconhecia o antigo Mariano. Lá estava um verdadeiro e terrível homem de luta. Na véspera, atirara três Molotovs no terreno baldio como um exímio arremessador de dardos. Não queria mais gastar palavras e os amigos acreditavam que nem vinho mais quisesse.

– Tracemos os planos – disse Gianini.

– Já.

– Mariano, se acalme, por favor.

– Estou cansado de ter calma.

– Você é cristão-novo. Também fui assim a princípio.

Mariano tinha severas críticas a fazer:

– Vocês estão se burocratizando... Este livrinho (apontou o livro de atas) está sendo a nossa ruína. Enquanto a gente escreve, as crianças e os operários morrem à míngua.

Deram-lhe razão, envergonhados. Haviam falado demais durante semanas sem praticar uma só ação. Felizmente não faltavam bombas. Podiam agir a qualquer hora.

– Na próxima reunião marcaremos o dia – decidiu o chefe.

– Ainda bem – aliviou-se Mariano. – Não suporto mais este marasmo. Quero ver sangue!

Seu estado de excitação chegou inclusive a impressionar os outros terroristas, que foram dormir preocupados. Mas antes da despedida, Mariano insistiu e tiveram de consentir que atirasse mais uma bomba no terreno baldio. Viram pegar fogo em materiais de construção que haviam acumulado ali.

Já na rua, Gianini segredou-lhe:

– Temo por você, por sua vida, meu amigo.

– Por quê?

– Você é moço, controle-se. Pense no vinho que falta beber, nas mulheres que...

Mariano afastou-o:

– Você não me conhece, gordo.

Na noite seguinte, Mariano reencontrava Marlene num "inferninho" da Vila Buarque. Estava a mesma de um ano atrás quando, por causa dela, pusera fogo num hotel e fora preso. Não pela primeira vez. Fez que não a reconheceu e seguiu até a porta. Então, ouviu sua voz:

– Mariano...

Foi por causa desse reencontro que Mariano rompeu com os companheiros de guerrilha. Como pôr em segundo plano uma mulher que há dez anos perseguia inutilmente?

Na sexta-feira, em seu quarto, recebeu uma visista inesperada, o Gianini.

– É o seu amigo Gianini – anunciou o italiano, como se pudesse ser confundido por outro.

– Entre e vá sentando.

Gianini sentou-se na cama, ao seu lado.

– Você está bom, meu querido amigo?

– Nunca estive melhor.

Gianini arregalou os olhos diante de um litro de leite.

– Bebendo leite? Está doente? Quer que chame um médico?

– Já disse que estou bom. Chega!

Gianini não sabia como começar, mas teve de começar:

– Seus amigos estão com saudades de você, Mariano. Vim aqui em missão oficial. Se voltar atrás, a gente rasga a página da ata.

– Escute aqui, Gianini...

– Não diaga nada, eu sei que está arrependido.

– Mas eu não estou.

– Conspiramos durante três meses, Mariano. Justamente agora que vamos agir você nos abandona.

Mariano baixou a cabeça:

– Pensa que sou covarde?

– Ninguém pensa que você é covarde.

Mariano sorriu, feliz:

– Não? Então vou com você... Mas não no sábado.

Gianini não entendeu:

– Por que não no sábado?

– Porque no sábado vou dormir com Marlene. Já no domingo eu posso morrer com vocês.

O italiano irritou-se:

– O que você tem na cabeça, Mariano? É uma questão de princípios. Nós estamos fazendo a história, homem. E o que dirão daqui a um século ao saber que a revolução foi atrasada por vinte e quatro horas devido a uma puta?

Mariano ergueu-se, feroz:

– Daqui a um século... O que importa o que possam pensar?

Gianini, com um sorriso nervoso, tentava ainda convencê-lo:

– Nós seremos matéria de estudos nas escolas. Como vai o professor explicar às criancinhas, elas na sua inocência, que o guerrilheiro Mariano adiou a salvação do país por motivos indecorosos? Responda, homem!

Mariano olhava apalermado:

83

– Que professor? Que criancinhas? Você disse daqui a um século? Pensa que sou algum santo?

Gianini trovejou:

– É, sim, é. Todo revolucionário é um santo. A pátria é nossa religião. Venha! Acompanhe-me! É o futuro que lhe ordena. Firme! Siga-me!

V

Mariano não seguiu ninguém. Só ele sabia tudo que fizera por Marlene. Certa vez baleara o mais valente gigolô da cidade, destruíra uma boate inteirinha, vendera todos os seus móveis... Não era coisa que pudesse explicar. Mas a verdade era que a revolução ainda o atraía. Aquela noite foi rondar o apartamento onde costumava se encontrar com os guerrilheiros.

– Lá estão eles – disse ao ver a luz acesa. – O que estarão planejando? Onde vai ser a primeira ação?

Por um triz que não resolve subir a escadaria. Talvez estivessem fazendo novas bombas e essa tarefa agradava-o bastante. E estava também com muita saudade do Camarada; não perguntara dele a Gianini. Para esquecer esse feliz capítulo de sua vida, foi a um bar e se pôs a beber sombriamente numa mesa de canto sem notar a presença de outros fregueses. Antes de ir deitar, voltou a passar diante do apartamento.

– Ainda estão lá... E já são três da manhã!

Resistiu mais uma vez à vontade de ir ao encontro dos ex-camaradas. Dirigiu-se, amargurado, ao seu quarto. Mas, ao tirar a roupa e estender-se na cama, lembrou-se, afinal, de Marlene. Depois de dez anos surgira sua oportunidade. Ela entregara os pontos. Que fossem para o diabo o professor e as criancinhas do próximo século.

No dia seguinte, à tardinha, Mariano foi rondar os lugares que Gianini freqüentava. Não foi difícil encontrá-lo num pequeno bar da galeria. Acercou-se dele.

– Como é, Gianini, a coisa é mesmo para hoje?

Gianini, que bebia, não respondeu:

– Vamos, diga, amigão velho... Onde vão jogar as bombas? No quartel?

O italiano respondeu secamente:

– Não sei do que está falando.

– Da guerrilha, é claro.

– Que guerrilha? O senhor se engana, eu sou um pacato cavalheiro e estou com o governo. – E pagando a despesa saiu às pressas do bar sem olhar para trás.

Mariano sentiu inveja do segredo que Gianini guardava. Seria mesmo no quartel? De qualquer forma, desejava-lhes sucesso. Eram os melhores amigos que já tivera.

Ao cair da noite, Mariano, depois dum belo banho, começou a aprontar-se para o encontro com Marlene. Vestiu sua melhor roupa e usou o perfume que lhe restava num vidro. Cabelos cortados, barba feita, sapatos engraxados. Lembrou-se que era aquela a primeira vez que se arrumava como um noivo para encontrar-se com Marlene.

Às nove horas em ponto, estava no Jungle-Bar à espera dela. Pediu um conhaque duplo. Mas não ia exceder-se no álcool. Certa vez, Marlene consentira. Foram a um hotel e ele caíra no sono. Ao acordar, ela já se fora embora. Isso fazia cinco anos! Sinceramente não estava pensando nos guerrilheiros e não trocaria naquele momento suas glórias pelo corpo de Marlene.

Meia hora depois, novo conhaque duplo. Marlene não chegara.

– Garção, mais um!

Às dez horas começou a telefonar a todos os "inferninhos" que conhecia para localizar Marlene. O sangue

85

subia-lhe à cabeça. Onde a bandida se metera? Pela milésima vez, faltava a um encontro.

Às onze já havia bebido quase um litro de conhaque, mas não arredava pé do "inferninho". E já estava com os dedos doendo de tanto telefonar.

O garção, timidamente, perguntou-lhe:

— Quem o senhor espera?

— Marlene.

— Ela esteve aqui com o dr. Amílcar.

— Que dr. Amílcar?

— O deputado.

Dava pena o estado de Mariano.

— Mas ela marcou encontro comigo!

— Dê um pulo no Juazeiro, ela costuma ir lá com o dr. Amílcar.

No segundo seguinte, dentro de um táxi, Mariano seguia para o Juazeiro. A viagem foi curta, pois a boate era no mesmo quarteirão que o Jungle. Ia saindo do táxi quando sabem quem viu? A Marlene com um senhor idoso entrando num carro. Um belíssimo carro de luxo com chapa branca!

— Acompanhe aquele carro! — berrou Mariano ao motorista.

Mais febril que um maleitoso, o ex-guerrilheiro não tirava os olhos daquele carro que se afastava do centro. Por duas vezes obrigou o motorista a passar sinais vermelhos para não perdê-lo de vista. Finalmente, o chapa branca parou diante de uma elegante vivenda.

— O que o senhor vai fazer? — perguntou o motorista. — Acalme-se, por favor.

— Cale a boca!

— Vamos embora. O que o senhor pode fazer, meu amigo? Botar fogo na casa?

Mariano olhou-o fixo. Que idéia!

– O senhor tem razão. Vamos embora.

– Para o Jungle?

– Não, para outro endereço.

O endereço que Mariano forneceu foi o do pintor, em Vila Buarque. Pediu ao motorista que corresse. Que azar, se chegasse atrasado. Pagaria duzentos cruzeiros por sinal vermelho ultrapassado. Tinha de chegar num minuto.

Passava da meia-noite quando Mariano desceu do táxi. Olhou para cima. Havia luz! Precipitou-se como um doido escadaria acima. No lugar de bater na porta, forçou-a com o ombro, abrindo-a num estrondo. Lá estavam diante dele, estupefatos, Gianini, o pintor, o arquiteto, Simão e o estudante Raul, eles com suas bombas. Camarada reconheceu-o logo e lambeu-lhe as mãos. Descabelado, rubro, trêmulo, com a garganta seca, Mariano bradou:

– O deputado Amílcar Sampaio está em São Paulo.

Todos se entreolharam.

– Que deputado? – indagou Gianini, assustado.

– O desgraçado Amílcar Sampaio, aquele que quer acabar com a Petrobrás!

Simão examinava-o friamente:

– Você está bêbado?

– Quem está bêbado? Eu?

Gianini, seu velho amigo, acercou-se dele, curiosamente:

– Então está aqui esse deputado? E o que tem isso?

– É o inimigo do povo número 1! Vamos dar um jeito nele.

– Você esteve com Marlene? – perguntou o italiano.

– Não! – berrou Mariano. – Estive seguindo esse canalha! Por favor, acompanhem-me.

Simão tomou a palavra e explicou que tinham um plano traçado. Iam jogar os Molotovs numa empresa norte-americana. Ele não poderia alterar o plano à última hora, ainda mais se tratando duma pessoa que não pertencia mais à organização.

Mariano respondeu com uma gargalhada histérica:

— O deputado Amílcar é o principal agente dos americanos. E depois, jamais abandonei a organização. Durante todo esse tempo estive na pista desse homem. A missão era tão secreta que nem a vocês contei coisa alguma e inventei a história da Marlene.

Desceram os seis para a rua, cada um levando alguns litros cheios de gasolina. Mariano ia à frente e os outros atrás ainda surpresos com a inesperada visita e pouco resignados com a mudança dos planos terroristas. Só o arquiteto conhecia o deputado Amílcar e nunca ouvira dizer que ele pretendia acabar com a Petrobrás.

Na porta, Gianini anunciou:

— Veja o que temos, Mariano: uma perua. O nosso amigo Raul arranjou para nós.

A caminho da vivenda do dr. Amílcar, Mariano ia mudo, aspirando o forte cheiro de gasolina dos Molotovs. Raul dirigia com os olhos firmes. Gianini fazia perguntas que Mariano respondia com monossílabos. Nenhum deles sabia o que iam fazer. E Simão insistia que deviam incendiar a empresa norte-americana.

— Não é estratégico – argumentava Mariano, secamente. – Amílcar é o homem-chave.

— Então você o esteve seguindo? – indagava Gianini.

— Sim, Gianini, sim.

— E não nos disse nada.

— Nem à minha mãe.

Chegaram. Mariano desceu. A bela vivenda, mergulhada nas sombras, provocou-lhe nova crise de ódio. Apanhou com a mão espalmada um Molotov.

— O que vai fazer? – pergunou Gianini.

— Isto! – berrou Mariano, atirando a bomba.

A Molotov bateu no telhado e não explodiu. Mariano esquecera-se de acender o pavio. Com as mãos trêmulas, riscou um fósforo e atirou a segunda bomba. Bateu num arbusto que logo se cobriu de fogo líquido. A terceira bomba foi atirada com tanta força e rancor que passou por cima da casa. Mas a quarta arrebentou os vidros do *living* e provocou uma fogueira.

— Vamos! — bradou Mariano. — Cada um atire a sua bomba! O maldito está lá dentro! Vamos.

Gianini obedeceu-o sem perda de tempo. O estudante Raul testou sua coragem arremessando duas rapidamente.

Ao ver a casa coberta de chamas, Simão ordenou:

— Chega! Vamos agora aos americanos!

— Chega nada! — rebateu Mariano. — Esta é a casa dum entreguista! — E arremessou mais uma bomba que provocou fortíssima explosão.

As luzes de todas as casas da rua se acenderam. Alguns curiosos se aproximaram, mas com certa cautela. Um guarda-noturno se pôs a apitar. Um carro de aluguel parou logo além.

— Vamos cair fora! — disse Gianini.

Nesse momento, do interior da casa, se ouviam gritos de terror. Uma mulher, espantada, pedia socorro. Mariano, assoprando para apagar o pavio de um Molotov, pensou em salvá-la. Seu ímpeto foi atirar-se às chamas e morrer com ela se fosse preciso. Mas a mão forte de Gianini jogou-o dentro da perua.

— Você já provou que é dos nossos — disse o italiano.

Raul não precisou de mais que um segundo para pôr o carro em movimento. Na primeira curva a perua subiu na calçada, quase capotou, mas nada aconteceu. No interior, ainda cheirando gasolina, os guerrilheiros iam mudos. Não se dirigiram à empresa norte-americana. Voltaram ao apartamento do pintor, onde, por sugestão de Mariano e endosso imediato de Gianini, trataram de restabelecer o estoque de bombas. Trabalharam até as seis da manhã com louvável entusiasmo e "vivas" à bravura do guerrilheiro Mariano.

Na manhã seguinte, os jornais noticiaram com destaque o estranho atentado sofrido por um dos líderes da oposição. Felizmente, afirmavam, não houvera vítimas. Dr. Amílcar e uma pessoa de suas relações haviam escapado ilesos.

TRAJE DE RIGOR

I

Diante do espelho teve a impressão de que fora desenhado com tinta nanquim. Nunca se vira com tanta nitidez, assim em preto e branco. Parecia ter-se erguido da prancheta dum *layout-man* para os braços de uma noiva. Com estranho prazer, sentia-se um ser artificial, algo elaborado por mãos profissionais, mais pano do que gente. Aos 36 anos vestia um *smoking* pela primeira vez, e era como se tivesse se enfiado dentro duma pele nova. Uma pele especial, fidalga, de rara procedência estrangeira. Não podia adaptar a ela seus músculos e sua mente com a leviandade carnavalesca de quem veste uma fantasia. As lapelas de cetim, o friso indestrutível das calças, os sapatos de verniz lhe punham na boca o gosto de madeira dos manequins. Lamentava que, da terra, pai e mãe não o pudessem ver com o traje de gala. Os dois velhinhos inchariam de orgulho, eles que só tinham visto o filho único vestir roupas proletárias e desajeitadas, de fazendas baratas, trabalhadas em série por mãos magras. Nenhum parente para o sorriso de admiração. Apenas, talvez, o olhar curioso do porteiro do hotel.

Há um mês entrara na alfaiataria para a nobre e grave encomenda. Não discutia preço: queria qualidade. Exigiu o maior cuidado nas medidas. Folheou figurinos com o dedo ágil. Implorou que molhassem a fazenda. Nas pro-

91

vas, renovou as exigências, rodeado pelo alfaiate e oficiais. Depois comprou os sapatos de verniz, o cravo da lapela e ficou à espera da chegada do *smoking*. A princípio ansioso, acabou esquecendo que o encomendara. Só se lembrou dele quando o entregador da alfaiataria apareceu no hotel com cara de quem quer gorjeta.

– Seu Otávio mora aqui?

Habitualmente era generoso nas gratificações. Gostava de lhes acrescentar pilhérias:

– Tome estes vinte mangos. Agora já pode casar.

Não perdeu tempo: era o fim da tarde de sexta-feira e sua folga semanal na agência de publicidade se prolongaria até as nove da manhã da segunda. No entanto, só se sentiria desobrigado do trabalho ao pôr no corpo aquela roupa nova. Sobre o criado-mudo estava o bem confeccionado convite para o baile. Há quanto tempo não ia a um baile? Há uns dez anos ou mais. Provavelmente mais. Desde que se apaixonara irremediavelmente por uma chinesinha de pulôver azul, com a qual dançara meia dúzia de vezes. A única paixão em toda a sua vida que terminaria em casamento. A chinesinha poderia tê-lo salvo da solidão dos hotéis, das bebidas envenenadas das boates e dos amigos cacetes. Ela, porém, não estava apaixonada e desapareceu com seu pulôver azul. Nunca mais a viu.

Ao apertar na cinta a faixa de toureiro, achou-se ridículo, mas gritou "olé!". Teve uma dificuldade enorme para entrar dentro da camisa de peito duro. A gravatinha preta foi um desafio. Devia haver compêndios que ensinassem os cavalheiros a vestir *smokings* ou então cursos rápidos. São Paulo é uma grande metrópole e uma escola assim não fecharia por falta de alunos.

Pronto, finalmente! Não, não ainda. Esquecera o detalhe do relógio. *Smoking* com relógio de pulso? Certo colunista social deplorara em meia lauda o deslize de elegância cometido por figurão da sociedade. De seu pai herdara um relógio de bolso: a ocasião certa para tirá-lo do baú.

Olhou os ponteiros: sete horas. O baile começaria às nove ou, precisamente, às vinte e uma. Teria tempo de sobra para um uísque *sour* ou um *manhattan*, bebida muito correta para os homens elegantes. Fitou-se vaidosamente no espelho. A mancha negra que ele era, refletida.

Já podia ir: o publicitário Otávio – planificador de algumas campanhas magníficas, autor de vários artigos publicados na PN e na RP sobre a arte de redação do "texto que vende", funcionário bem pago, sem queixas ou reivindicações incômodas, órfão e solteirão, ex-apaixonado duma chinesinha de pulôver azul que conheceu e perdeu num baile do Club Comercial havia dez anos, tendo já gozado férias em Punta del Este em época de festival, com um romance superbolado na cabeça a respeito de mocinhas que fazem a vida, apelidado em seu estreito círculo de amigos Lobo da Estepe ou simplesmente Lobo, simplificação que adorava porque queria que o julgassem um perigo para as mulheres, coisa que ele não era – ia de *smoking* novo em folha e alguns milhares de cruzeiros no bolso a um baile muito promissor, patrocinado por publicitários, gerentes de grandes lojas, concessionárias de firmas revendedoras de automóveis, no salão da Casa de Portugal, onde se exigia traje escuro, na esperança absurda de encontrar outra chinesinha ou jovem de qualquer raça, mesmo latina, com ou sem pulôver, a quem pudesse desposar impetuosamente para atender a um pedido *in extremis* de sua mãezinha querida, que o tivera na conta do melhor moço do mundo.

II

O bar, no interior duma galeria, muito aconchegado, chamava-se Minueto. Muitos homens com pastas debaixo do braço iam lá tomar aperitivos à saída do trabalho. Para outros, era um trampolim para o fundo da noite. Tudo novinho, tudo pequeno, uma porção de pernas masculinas enfileiradas, muitos cálices, copos e taças sobre o balconete.

Otávio sentou-se num banco alto, perto da porta, pediu um *sour* e ficou espiando o movimento intenso àquela hora. Como se acompanhasse uma partida de pingue-pongue, seguia as pessoas que passavam apressadas. Um garoto, carregando pacotes coloridos, olhou para ele, com ar gaiato, e riu. Nunca vira *smoking*, por certo. O elegante cavalheiro apertou o convite dentro do bolso. Olhou o cálice: a desvantagem do *sour* é que não é servido em copos. Acabou o primeiro e nem tinha feito hora. Mandou vir o segundo, agora entregue ao doce prazer de recordar. Não era tão solitário e não podia gastar muito dinheiro em aperitivos e aparelhos elétricos quando se apaixonara abrupta e morbidamente pela chinesinha de pulôver azul. Até aquele instante prometera-se morrer solteirão e freqüentador assíduo do higiênico bordel de dona Daly, sua amiga, conselheira, cartomante e uma espécie de tia muito vivida, com quem costumava ir ao cinema quando a vida ficava muito chata. Dizia, na ocasião, que ele, Otávio, era o dono do seu destino. Mas não com essa simplicidade. Ligeiramente alto ou alegre, explicava aos amigos que pior do que a morte era a rotina burguesa. O filósofo, porém, não estava nele quando, no salão iluminado, deslizou a vaporosa chinesinha de pulôver azul. Com ela se casaria, levando dona Daly por madrinha, e teria filhos de olhos puxados, que ele vestiria à maneira oriental e levaria a passeio nos domingos de manhã. A chinesinha, grávida, ficaria em casa fazendo pastéis de palmito.

— Está de casamento hoje?

Otávio nem se dera conta da aproximação de Rolando. Não era um amigo, mas um velho conhecido, colega dum jornal onde trabalhara na juventude, depois da guerra. Rolando fazia reportagens policiais ou tentava fazer. Seus íntimos eram tiras ou criminosos. Estivera amasiado com uma ladra, a Rutona. Ganhava pouco mais do salário mínimo e usava sempre um terno só até que perdesse a cor. Usando uma roupa sem cor, ele próprio ficava incolor. As calças e o paletó permanentemente amassados davam a impressão de que a carne de Rolando também era amassada e que dormia dentro duma valise para pagar menor aluguel na pensão onde morava.

– Vou a um baile – explicou Otávio.

– É exigido *smoking*?

– O convite diz apenas traje escuro. Resolvi exagerar porque nunca tive um *smoking* e porque meus pais sempre acharam que eu devia ter um.

– Pague-me uma bebida dessas – pediu.

– Não, isto é uísque. Pago a meia-de-seda.

– Foi bom ter encontrado você... – começou o repórter.

Rolando estava sempre querendo vender alguma coisa a quem não queria comprá-la. Distintivos, capacetes da revolução e algemas. Mostrou à altura da cinta um revólver de cabo preto. Alemão, legítimo. Em sua opinião, todos os homens deviam ter um "berro". Aquele era uma pechincha. Valia duzentos mil cruzeiros, mas o vendia por trinta só porque simpatizava com Otávio.

– Obrigado, Rolando, não quero.

– É de graça.

– Não gosto de armas, já me disseram que sou um suicida em potencial. Mas compraria um arco-e-flecha se você tivesse para vender.

Rolando argumentou que ele podia negociar o revólver, ganhar em cima. Dinheiro em caixa. Só não fazia isso porque precisava de dinheiro com a máxima urgência.

– Tome a meia-de-seda.

– Ah, a meia-de-seda...

Gianini, cada vez engordando mais, parou no centro da galeria, a apontar para Otávio, rindo como se estivesse no circo. Otávio não sabia donde o conhecia, mas todos o conheciam. O gorducho, porém, tivera a maior notoriedade no passado quando cantara óperas na Rádio Gazeta. Tirara retratos abraçado com Gino Becchi. Dera entrevistas comendo macarronada. Despedira-se dos amigos para cantar no Scala, mas não embarcara. Atualmente, além de beber, ninguém sabia o que fazia. O principal, no entanto, é que continuava eufórico.

— Como está belo! — exclamou Gianini

— Não deboche.

— Belo como um provolone. Dá gosto ver você assim...

Rolando tinha um segredo para o garçom: queria outra meia-de-seda. Otávio defendia-se dos braços de Gianini, que ameaçavam amassar-lhe a roupa. Mas, bruscamente, o velhote gorducho interrompeu a massagem:

— Que estão bebendo? Ah, me esqueci de que não bebo mais!

— Está doente, Gianini?

— Esse fígado filho dum cão! — exclamou como se tivesse perdido toda a família num desastre.

— Quebre a dieta hoje!

— Bem, quebro. O seu é meia-de-seda, Rolando? Então quero uma meia-de-seda.

Otávio consultou o relógio:

— Às nove tenho o baile.

— Ah, você vai a um baile? Como está bonito, Provolone, com essa jaqueta!

— É *smoking*!

— Que figura grandiosa! Você parece um embaixador! Como é, tem ganho muito dinheiro?

— Mais ou menos.

— Uns cem.

– Mais.

– Duzentos.

– Acho que mais.

– Cáspite, o que faz com tanto dinheiro? – Olhou o cálice. – Está bebendo uísque... Rolando, ele bebe uísque enquanto a gente arrebenta o fígado com a meia-de-seda. Mas você está muito elegante, Provolone! Que Deus o conserve elegante e rico.

No bar, lá no fundo, havia um espelho. Otávio identificou-se logo. Ele era a mancha preta com ângulos retos. Rolando, o homem amassado, e Gianini, a massa redonda com um botão quase a estourar no meio. Perto dele, os outros pareciam mendigos. Por Deus, tinha de se dar com gente de melhor classe!

– Está boa a meia-de-seda – observava Gianini.

Otávio olhava para o interior do bar, alheio. Era agradável estar ali, naquele rápido encontro com amigos, ciente de que logo chegaria a hora do baile. Via-se dançando com uma moça grã-fina, recém-chegada da Europa, onde fora fazer um curso de *bridge* e outro de preparo de coquetéis exóticos. Uma moça de dentes de pérolas, sorriso fotografável, sobrancelhas pintadas e ambições internacionais. Uma dessas jovens que levam passaporte na bolsa e que adoram Pruuuuust. Ele também diria que adorava Pruuuuuuuuust. Depois iriam fazer coisas feias dentro dum automóvel, dum bar ou dum reservado, com os requintes de Pruuuust.

Despedia-se de Rolando e Gianini, este já começando a ficar cansativo com suas exclamações, brados, abraços violentos, beliscões no rosto, peninsularmente exagerado em tudo, quando um quarto personagem ia passando e ficou.

– Conhece o Geraldo? – indagou Gianini. – Geraldo é o melhor homem do mundo.

– Não disse que sou eu o melhor do mundo? – protestou Otávio.

– Você, entre os boêmios, mas Geraldo é diferente. Trabalha a semana toda, até nos feriados, nunca tirou férias, tem quatro filhos, é pai e marido exemplar. Não é como nós, que não ligamos para nada. Leva a vida a sério. Nem cheira a álcool. Passa longe da cachaça. Minto, Geraldo?

Otávio examinou o novo personagem. Era magro, acanhado, tinha um sorriso tímido nos lábios e uma pasta debaixo do braço. Sua roupa era bem passadinha, limpa, mas de péssima categoria, comprada feita. Chefiava um pequeno escritório onde entrara como contínuo e aos poucos fora conquistando a confiança dos patrões – era o que Gianini contava. Além dos filhos e da esposa, sustentava a mãe e a sogra, paraplégicas ambas.

– É de homens assim que o Brasil precisa! – bradou Gianini apontando o peito de Geraldo com seu dedo gordo.

Rolando olhava-o com melancolia. Não via nele um freguês para o revólver. Mas faria sua tentativa no momento oportuno. Ah, precisava vendê-lo!

– O que você leva aí? – perguntou Gianini a Geraldo, que também carregava um pequeno embrulho.

– Leite Ninho.

– Leite Ninho! – exclamou Gianini, tomando-lhe a lata e erguendo-a como um troféu. – Feliz da criança que tem um pai como esse! Sempre o vejo levando leite para casa. Você leva leite para casa? – perguntou ferozmente a Rolando.

– Não tenho filhos. Isto é, acho.

Gianini não devolvia a lata ao já aflito pai dos quatro meninos.

– Mesmo se tivesse, não levaria. Conheço você. – Voltou-se para Otávio. – Conheço também você. Vá, Geraldo, vá. Leve o leite para as crianças, que devem estar esperando.

– O mais moço está com febre.

– Com febre, coitado... – lamentou Gianini com lágrimas nos olhos. Geraldo estendeu a mão e despediu-se de Otávio e de Rolando.

– Tome uma meia-de-seda com a gente.

– Não posso, Gianini.

– É cedo, pode, sim.

– Nunca bebo.

– Um quinado, garçom! Quinado só pode fazer bem. Você anda muito pálido, Geraldo!

– Tome – pediu Otávio. – Eu pago.

– Vê como ele é bom? – exclamou Gianini. – E como fica bonito de jaqueta? Esse é que goza a vida! Solteirão e cheio da nota! Tá?

Geraldo observava Otávio como se ele fosse um bicho raro. Não tirava os olhos do seu *smoking*. Nunca vestira um. Sempre invejara os que vestiam roupas de gala. Mas não podia queixar-se muito da vida; tinha os meninos.

– Bom o quinado? – perguntou-lhe Gianini afetuosamente.

– Bom sim.

– Vamos tomar nova rodada. Garçom, sirva a gente! Seu destino é servir, pichinim.

Otávio olhava o relógio:

– Logo eu me despeço.

– O baile o espera, mas é feio chegar muito cedo. Como está belo, Provolone!

Rolando tinha uma pergunta importante a fazer a Geraldo:

– Onde o senhor mora?

– Jabaquara.

– Puxa, como é longe! É um lugar perigoso! Sou repórter policial e sei. Não faz muito tempo, um delinqüente entrou numa casa e matou a família inteira. Depois estuprou os cadáveres das mulheres e crianças. Por que não compra um revólver?

Rolando puxou Geraldo para seu lado e ficou argumentando. Mostrou-lhe o revólver preso ao cinto. O outro ouvia-o com terror. Nunca lhe ocorrera que sua vida e a dos seus corresse tanto perigo. Queria detalhes do crime do Jabaquara. Viu-se caído e ensangüentado numa rua deserta do bairro, quando descia do ônibus.

Gianini envolveu com seu braço grosso os ombros mirrados de Geraldo:

— Pare com essa conversa, Rolando. Se falar mais um pouco, eu choro.

— O mundo é cheio de maldades — disse o repórter.

— O mundo é perverso — concordou Gianini.

Rolando mostrou o revólver todo, tirando-o do cinto. O resultado não foi bom: Geraldo recuou com a boca aberta.

— Não quero comprá-lo — disse.

— Você precisa defender seus filhos — insistia Rolando.

Geraldo se sentia como um pai desnaturado e tinha vergonha dos amigos, mas o revólver duro, reluzente, frio, com as balas mortíferas lá dentro e, sobretudo, caro, intranqüilizava-o.

— Guarde isso — pediu Gianini, cobrindo a arma com a manopla.

Rolando obedeceu, à espera de nova oportunidade:

— Um revólver é útil numa família — considerou.

— Quem bebeu minha meia-de-seda? — protestou Gianini.

— Eu não fui.

— Não sei quem foi, mas beberam. Pichinim, mais uma meia-de-seda. Eh, Geraldinho, o quinado acabou. Vamos repetir a rodada. Você não, Provolone. Você vai dançar. Não pode fazer feio no salão. Pode?

Otávio concordou: não podia. Mas pediu outro *sour.*

– Aqui servem empadinhas? – quis saber Rolando.

– As daqui fazem mal – advertiu Gianini. – O que ia bem agora era uma *pizza* no Papai. Álcool abre o apetite. O que me diz duma *pizza*, embaixador? Antes duns giros no salão até a madrugada?

– Fica tarde.

– A orquestra não começa sem você. Vamos à *pizza*? Otávio também estava com fome. Rolando lambeu os beiços.

– O senhor vai? – Otávio perguntou a Geraldo.

– Não posso.

– Ele precisa levar o leite Ninho – explicou Gianini.

– Acompanho vocês até a porta. É no meu caminho.

– Pague a conta e vamos, Provolone.

III

Otávio, Gianini e Rolando juntaram duas mesas e pediram duas *pizzas*. Se no bar estava bom, ali era ainda melhor, com o cheiro de comida apimentada. Geraldo entrara, porém permanecia de pé. Tinha inveja daqueles homens que podiam chegar em casa quando bem entendessem. Desde que casara não entrara mais numa pizzaria. E o pior é que também estava com fome, com uma terrível fome, com uma incontrolável fome.

– Sente e coma – aconselhou Gianini.

– E o meu horário?

– Você não é trem, meu amigo. Que mal faz em chegar tarde?

– Há telefone por aqui?

– Mas claro que há! Avise sua cara-metade que vai demorar. Não é simples? – E voltando-se ao garçom: – Pichinim, vinho!

101

Quando Geraldo voltou, recordou os tempos de solteiro simbolizados em duas redondas *pizzas* napolitanas. Lá estavam também, já abertas, duas garrafas de vinho.

Sempre solícito, Gianini encheu-lhe o copo.

– Beba, Geraldinho. Não se preocupe com a conta. O Provolone, aqui, paga. Ele ganha muita nota com reclames. Diga um dos seus reclames – pediu a Otávio. – Sabia alguns de cor mas me esqueci.

Otávio, meio encabulado, recitou:

– Mil à vista e o resto a perder de vista.

O velhote bateu palmas:

– Não é um gênio?

– Muito bom – concordou Geraldo, tranqüilo porque conversara com a "patroa" e porque não ia pagar a conta visivelmente gorda do restaurante. Experimentou o vinho com os lábios retraídos.

Gianini bebia sóbria e concentravelmente. Olhava o fundo do copo como se quisesse ler através do vinho alguma mensagem sinistra. A primeira garrafa chegara ao fim e a segunda não prometia ter vida longa.

Com a boca cheia de *mozzarella*, Rolando falava nas qualidades do seu revólver alemão. As balas, frisava, varavam um poste. Fazia mau negócio em vendê-lo, péssimo negócio.

– Se estourar revolução, a gente vai precisar de armas – disse Gianini, profético. – Peguei no pau-furado em 24, 30 e 32. Não, em 32 não. Ou peguei? Não recordo.

– Em 32 você era cantor – lembrou Rolando. – Um grande cantor. Vi você no *Rigoletto*.

Gianini largou o copo, corado:

– Você me viu no *Rigoletto*? E na *Tosca*, viu? Não me viu na *Tosca*?

Rolando sacudiu a cabeça: a falha era irremediável. Como fazer recuar o tempo vinte ou trinta anos?

– A sua voz era um trovão! – lembrou o repórter, com os olhos na mesa. – Outros podiam ter mais escola. Mas você era um trovão.

Gianini repousou sua manopla no ombro do amigo, agradecido:

– Fosse eu moço... Uma vez cantei tão alto, que rompi as vidraças dum teatro. Foi em Curitiba ou Florianópolis. Não recordo. No dia seguinte, os jornais da terra não falavam doutra coisa. Chamavam-me o Quebra-Vidros. Mas por que lembrar essas coisas? Mais um copo, Provolone?

Otávio matara a fome, mas a sede não.

– Bebo mais um copo e caio fora.

– Onde vai? – quis saber Gianini.

– Ao baile. Esqueceu?

– Você está belo, Provolone, com essa jaqueta! Você é moço, esbelto e talentoso! Bebo à sua saúde.

Os outros ergueram os copos no ar.

– Obrigado, Gianini, mas não sou esbelto. Peso sessenta quilos só. E começo a envelhecer.

– Que idade tem, Provolone?

Otávio saltou para trás, olhos arregalados, perplexo. Fitou um a um os companheiros.

– Que dia é hoje?

– Vinte e três.

– Março, 23?

– Exato, Provolone.

Otávio sorria, surpreso. Sorriso nervoso, infantil, idiota:

– À meia-noite, aniversario. Faço trinta e sete anos. Como é que fui esquecer? Não me lembrava. Que miolo mole eu tenho! Não é o cúmulo? É ou não é?

Gianini deu-lhe um beijo molhado na face:

– Deus o abençoe, Provolone.

Rolando e Geraldo estenderam a mão sobre a mesa:

– Parabéns, Otávio.

O publicitário continuava atônito. Como esquecera o dia do próprio aniversário? Era demais, a prova de que o fosfato ia com os textos que redigia para os clientes milionários da sua agência. Se continuasse a trabalhar tanto, envelheceria antes do tempo, ficaria débil mental, calvo e tísico.

– Quero lhe fazer um presente – disse Gianini, consultando a carteira de dinheiro. – A data não pode ficar assim.

– O que você quer?

– Uma champanhota.

– Obrigado, Gianini. Vamos à champanhota.

Gianini sacudiu a cabeça:

– A inteção foi boa, mas o dinheiro não dá. Pague você mesmo a champanhota, Provolone. Mande vir logo duas. Depois lhe devolvo a gaita. Confia em mim, amigão velho?

Vieram dois champanhas e quatro taças. Gianini fez questão de abrir um deles, no que não foi bem-sucedido. Mais da metade da garrafa desperdiçou-se em espuma sobre a mesa. A rolha voou longe. Ele, porém, não se afligiu.

– Isso dá sorte! – exclamou. Umedeceu o grosso dedo e passou-o na testa do aniversariante. – Você vai ter um bruto futuro, Provolone. Será um verdadeiro príncipe!

Otávio estava comovido, embora tivesse de pagar a conta:

– Você é um bom sujeito, Gianini!

– Você que é bom.

– Não, bom é você.

O champanha sobe como um foguete, ainda mais quando misturado com vinho, *sour* e meia-de-seda. Alguém é capaz de resistir à mistura por algum tempo, mas ninguém pode resistir por muito tempo. Os quatro amigos começaram a sua viagem, os líricos astronautas, os heróis do cosmos, milionários das horas de vôo e de embriaguez.

– Quem vai fazer discurso? – indagou Rolando.

Geraldo tirou o corpo:

– Sou um fracasso pra discursos.

– Também eu.

Gianini suplicou ao aniversariante:

– Fale você. A gente ouve e aprende.

Segurando sua taça de champanha e observando que o velhote fazia sinal ao garçom para trazer mais uma garrafa, Otávio começou o seu discurso longo, difuso e subordinado aos mais variados e imprevistos estados de espírito. Percebia-se o estreante da oratória, porém tinha a sua maneira própria, completamente indiferente e livre das escolas. Falava ora baixo, ora alto. Lançava indagações. Certos trechos eram cínicos, outros filosóficos, muitos deles banhados em melancolia. Notava-se o poeta e o metafísico, arriscava profecias, demorava-se em passagens instrutivas com a fisionomia dum mestre-escola.

Rolando e Geraldo ouviam-no, procurando acompanhar o fio do raciocínio, sem êxito, ao contrário de Gianini, que aprovava cada frase, meneando a cabeça. Aquela literatura lhe atingia o coração diretamente, dispensando baldeação no cérebro.

– Não é porque estou de *smoking* que sou um cara diferente dos outros – disse Otávio, demagógico. – Pus essa roupa aristocrática porque vou a um baile: aqui tenho o convite para mostrar. Sou igual a todos e quando bem moço fui garçom – revelou, amargo. Em seguida, falou ligeiramente dum tio que morrera num desastre de estrada de ferro e passou a elogiar o trabalho modesto, mas profícuo, dos carteiros. Tinha profunda admiração pelos carteiros (porque os homens que escrevem cartas ainda merecem confiança e respeito) e os carteiros sabem disso. Na faixa seguinte, fez uma colorida apologia do Uruguai. Com que entusiasmo falava do Uruguai! Os países sul-americanos, no seu entender, deviam dar-se as mãos e ter o Uruguai como exemplo.

– Sublime, Provolone! – louvou Gianini.

– Vou pagar essa despesa e todas as despesas, pois sempre pago quando estou entre amigos (foi a frase de maior sucesso do discurso). – Mas não queria falar de si mesmo exclusivamente. Traçou um perfil rápido do Mahatma Gandhi e outro, ainda mais rápido, de Clemente Ferreira. Lamentou que não tivesse participado da campanha da Itália. Se convocado, teria lutado com muito heroísmo, embora com certa discrição. Com muita esperança referiu-se ao cinema nacional e revelou, com tom confidencial e fraterno, planos duma viagem que pretendia fazer ao redor do mundo. Disse versos: uns de Manuel Bandeira, outros de Raul de Leoni ("Escarra nessa boca que te beija"). Não, era de Augusto dos Anjos, corrigiu em tempo. "Recife. Ponte Buarque de Macedo..." "Melancolia, estende-me a tua asa". Recitou outros versos, que mais tarde confessou serem seus.

Gianini interrompeu com palmas no justo momento em que o abordou um vendedor de bilhetes com sua carga de ilusões. O velhote explicou que Otávio aniversariava e democraticamente lhe ofereceu uma taça de champanha.

– Compre um bilhete – pediu o vendedor.

– Compro – respondeu Otávio.

– Tenho a vaca.

– Me dá vaca – ordenou o publicitário, apanhando o bilhete e apressando-se em pagá-lo.

– E se você ganhar? – aventou Rolando.

Otávio tomou um longo gole de champanha, que lhe escorreu pelo queixo:

– Se eu ganhar, não pensem que me transformarei em agiota. Prefiro virar o inseto de Kafka. Vou gastar o dinheiro em balões de assoprar, que distribuirei entre as crianças. Elas precisam saber muito cedo que há coisas que somem e que não voltam mais. É um triste, mas necessário ensinamento. Comprarei fotografias obscenas e mandarei pelo correio a todas as solteironas, solteirões e presidiários do país. Será um belo presente. E para os velhinhos comprarei exemplares velhos dos jornais para lerem as notícias de quando eram jovens.

Gianini estava encantado:

— Lindo, Provolone! Sublime!

Geraldo não aprovava:

— E o sentido? Não faz sentido.

O velhote, apesar da admiração que nutria por Geraldo, teve-lhe ódio:

— Oh, você não entende nada! É um burguês! Dá aqui esta lata de leite! — Tirou-lhe a lata, conservando-a entre suas mãos grossas, como se ela impedisse Geraldo de entender a linguagem romântica dos bêbados.

Otávio olhou para Gianini, agradecido:

— Bonito gesto, Gianini... O leite é uma mercadoria odiosa. É ele que faz as crianças crescerem, ficarem adultas e depois desiludidas e revoltadas. Comércio infame!

Geraldo arrebatou de Gianini a lata de leite:

— Vocês estão bêbados.

O velhote ficou profundamente ofendido:

— Ele disse que estamos bêbados! Sou capaz de beber um tonel, ouviu? Minto, Provolone?

Também ofendido, Otávio ameaçou terminar o discurso:

— Não direi mais nada — decidiu.

— Prossiga — pediu Gianini.

— Disseram que estou bêbado e me calo.

Os três, inclusive Rolando, voltaram-se contra Geraldo. Não se podia tachar de bebedeira certas evasões líricas, algum desprendimento da coerência do dia-a-dia e o premeditado surrealismo duma frase ou outra. Claro que estavam um tanto altos ou alegres, admitia Gianini contrariado, mas era uma boêmia sadia, uma festa entre amigos e a euforia dum aniversário. Mas Geraldo insistia, embora sem ênfase, que o comprido discurso de Otávio não tinha nexo. Estava ali a perder tempo quando podia estar em casa com os filhos (o mais novo tinha febre). No íntimo, todavia, adivinhavam os demais, ele antipatizava com Otávio e com seu *smoking* lustroso, invejava-lhe a roupa, a liberdade de quem vive só num hotel e gostaria de estar em seu lugar a caminho do baile.

— Você é um escravo da rotina! – bradava Gianini. – Por isso não entende certas coisas. O Provolone, aqui, se quiser, amanhã mesmo embarca para o Saara. Não pode embarcar para o Saara? – indagou.

— Posso.

— Viu? Pode. E você, com seus fedelhos, pode? Pergunto: pode?

Geraldo, de fato, não podia, mas também não entendia por que embarcar para o Saara. Irritado, começou a defender sua situação de homem casado e pai de filhos. Falou da satisfação que sentia ao voltar para casa. Os meninos o rodeavam e ele lhes dava balas. Uma vez por mês iam todos almoçar num restaurante.

— Você tem lá suas razões – concordou Rolando. – Por isso é que lhe disse que deve defender o seu lar. Compre o revólver e haverá mais tranqüilidade em sua casa.

Otávio viu as horas. Quase dez, mas os bailes nunca começam na hora marcada. Não havia razão para pressa. Geraldo, porém, queria ir embora.

— Para mim, chega! – disse, pondo o copo com a boca voltada sobre a mesa. – Vou embora.

Gianini mandou o garçom trazer a conta e a entregou solícito a Otávio.

O aniversariante foi o primeiro a erguer-se e caminhou para perto dum espelho. Sua aparência continuava ótima. O gorducho Gianini, o amassado Rolando e o anêmico Geraldo também passaram diante do espelho, a caminho da porta.

Na rua, encheram os pulmões de ar. Gianini continuava feliz:

— Vejam quanta gente na rua! Por isso que amo esta cidade! Provolone, quando você morrer seus amigos exigirão dos vereadores uma rua com o seu nome.

— Quem sou eu? — recuou Otávio, modesto.

— Não só uma rua como também uma estátua. Você de *smoking* em cima dum cavalo. Embaixo, uma placa: "O Homem da Avenida". E talvez um dos seus *slogans*: "mil à vista e o resto a perder de vista".

Geraldo parou:

— Aqui me despeço.

Gianini lhe estendeu a mão, mas não apertou a do outro.

— O que há lá embaixo? — perguntou. — Que estabelecimento é esse? Um subterrâneo! Deve haver múmias e vasos etruscos. O que é?

— É uma boatezinha — informou Rolando. — A Gruta. Já estive aí.

Gianini consultou Otávio numa olhada:

— Quer festejar mais um pouco o aniversário, Provolone? Ele consultou o relógio:

— Só se for uma horinha... Conheço a boate.

— Uma horinha — garantiu Gianini.

Rolando topou. Geraldo não.

— Aposto que nunca entrou numa boate — disse-lhe Gianini. — Já que sua patroa lhe deu o alvará, por que não aproveita?

Argumento sensato. A Gruta era um buraco mal iluminado, cheirando fortemente a coisas velhas. A decoração, rústica. Os quatro se dirigiram a uma mesinha. Viram uma pequena pista vermelha ou iluminada por luzes vermelhas. Um balcão no fundo. Garçons folgados. Pouca freqüência. Um conjunto musical com três instrumentos e uma gerente superbalzaquiana que sorria para todos os que entravam.

— Você, Lobo?

Otávio ergueu-se para beijar a mão perfumada e plissada da gerente.

— Antonieta, minha amigona.

Gianini viu a mesma mão diante dos olhos e beijou-a. Percebeu sem grande dificuldade que se tratava de mão feminina.

— Somos amigos do Otávio – disse. – Ele faz anos hoje.

Antonieta abraçou o aniversariante:

— Verdade?

— O que vamos beber? – Otávio quis saber. – Tomo uísque.

Geraldo não se lembrava de já ter tomado uísque. Quis um. Rolando declarou que não queria dar despesas, mas pediu outro. Gianini acompanhou os amigos. A gerente sentou-se com eles, com ar alegre, saudável, irmã mais velha, transviada, sim, mas cheia de excelentes justificativas.

— Nosso amigo aqui fez um bonito discurso – informou Gianini.

— Não acabou ainda – disse Geraldo.

— Por que não continua, Provolone?

Otávio, que começava a ser chamado Lobo, achou o local impróprio para discursos. O velhote não pensava assim: a coisa mais nobre da noite fora o discurso. O Lobo resistia, mas o segundo uísque lhe demoliu a resistência.

— Meus amigos, confesso que sou um materialista grosseiro – começou, sentado.

– Não – protestou Gianini. – Você não é grosseiro.

– Sou, sim, materialista grosseiro, marxista-leninista fanático. Estive com passagem comprada para Cuba, isto é, pensei em comprar a passagem. Mas numa coisa acredito, se acredito! Nessa coisa chamada destino, que nos reuniu aqui como os quatro cavaleiros do Apocalipse. – A comparação era forçada, mas prosseguiu: – No destino que armou esse festim para comemoração do meu aniversário. – Passando para uma fase mais dramática do discurso, disse: – Vou dizer um troço para vocês, que são meus amigos, que são meus irmãos: nunca passei um aniversário acompanhado.

– Você me corta o coração, Provolone.

– Muitas vezes comemorei a efeméride andando no meio da rua. Num ano, tomei um porre e um guarda me prendeu. Noutro, tomei uma droga para dormir e fiquei dia e noite na cama. Lembro-me de um em que perdi o emprego. De todos, foi este o mais... o mais...

– Fale, Provolone, fale.

– O mais agradável, suponho.

Uma lágrima brilhou nos olhos de Gianini. Rolando, no entanto, terrivelmente prático, avizinhou-se da gerente e foi dizendo:

– Suponho que costumam vir desordeiros aqui... Por que a senhora não compra um revólver?

– Temos um na caixa.

– Ah...

Otávio olhou o relógio:

– Passa das onze. Preciso ir ao baile.

– Vamos com você até o local – disse Gianini. – Ficaremos na rua, vendo você dançar. Procure dançar perto das janelas, com uma moça bem bonita, e às vezes olhe para baixo, onde estaremos.

– Não sei se encontro moça disponível.

– Encontra, sim.

– Tomemos o último e vamos.

Ao contrário do que se podia esperar, Geraldo protestou:

– Não quero ir para casa.

Não era ainda uma resolução final, enérgica, heróica. Queria dizer simplesmente que era cedo para voltar para casa. A mãe cuidaria do menino com febre. Apanhou sua dose da última e triste rodada.

Gianini, sempre abraçado com Otávio, recordava coisas do passado:

– Eu podia ser outro hoje se não fosse um tal Vilaboim. Conheceu o *maledetto* Vilaboim?

Era o inimigo do Gianini, o homem que lhe atrapalhara a vida, lhe passara a perna, tentara arremessá-lo no abismo. Que ódio mortal sentia, na penumbra da boate, do Vilaboim! Oh, se pudesse estripá-lo!

– Que lhe fez o tal Vilaboim?

– Não me fale desse cão.

– Que lhe fez?

– Se eu pudesse matá-lo...

Rolando mexeu-se:

– Não tenho nada com isso, mas estou vendendo um revólver.

Gianini quis ver a arma.

– Não, não – implorou Otávio.

Soturnamente, Gianini pegou a arma fria e pesada e se pôs a examiná-la, com olhos de médico. Depois a aqueceu com as mãos enormes. Permaneceu minutos nessa posição dramática, cabeça baixa, ar concentrado, ódio, só ódio. Finalmente a devolveu ao repórter num gesto casual e lento.

– Continue o discurso – pediu.

– Não forma sentido – protestou Geraldo.

– Que entende você de filosofia, literatura e outras coisas complicadas? – revoltou-se o velhote. – Você só sabe fazer filhos, nada mais. Transferir responsabilidades para umas pobres criancinhas inocentes. Todos os pais do mundo deviam ser assassinados.

Geraldo procurou no escuro da boate a lata de leite, sua trincheira.

– Não entendo o que ele fala.

Antonieta juntou-se aos demais:

– Continue o discurso, Otávio.

– Não posso – respondeu. – Está tocando uma velha música. Me dá vontade de chorar – confessou, curvando a cabeça. – Que memória desgraçada têm esses músicos! Tocavam essa canção na noite em que vi a chinesinha de pulôver.

– Você está apaixonado? – perguntou a gerente.

– Por uma chinesinha – explicou Gianini, cortês. – Eu também admirei muito, no passado, a raça amarela. Não faltava à Festa do Caqui.

Otávio realmente tinha vontade de chorar.

– Mande parar essa música – implorou.

A gerente fez sinal a um dos músicos. Ele não entendeu e aproximou-se da mesa:

– O que querem ouvir?

– Tudo menos a música que acabou de tocar. Pelo amor de Deus!

Gianini forneceu os detalhes:

– Não leve a mal, mas o nosso amigo aqui é sentimental como todo mundo. O senhor tocou, aliás divinamente, uma música que lhe acordou velhas lembranças.

O músico prometeu só tocar músicas alegres e afastou-se.

– E o discurso? – exigiu Rolando.

Otávio olhou-o: Rolando estava tão amassado como

113

uma bola de papel atirada a um canto dum escritório por uma secretária histérica e solteirona. Gianini, ainda mais gordo e desleixado. Geraldo se afundara na poltrona, ambientado.

— Anete vem hoje? — Otávio perguntou à gerente.

— Hoje, não.

— Está no apartamento?

— Com um caipira rico.

Otávio consultou o relógio:

— Se não fosse tão tarde...

Rolando interessou-se:

— Ia aonde?

— Num certo apartamento onde há algumas pequenas. Anete é a mais bonita. Parece francesa. Não é, mas parece. Há também a Magnólia, uma lourona bonita. Lá tem também a Celeste, moreninha miúda...

Geraldo dobrou-se sobre a mesa, as orelhas crescendo:

— Mais de dez anos que não vou num lugar desses.

— Você gostaria de conhecer as moças.

O bom pai, bom marido e bom funcionário olhou a lata de leite.

— Fica para outra vez.

Gianini era um escravo dos amigos:

— Vou onde vocês vão. Sigo os meus amigos como um cão. Vocês são tudo que tenho no mundo.

Geralmente os bailes se prolongam pela madrugada. Sobrava tempo para uma passada no apartamento de Anete. Otávio começava a sentir a sensação máxima da liberdade total. Ah, astronauta... Pediu a conta, pagou-a e saltou de pé. Aí notou que... não notou nada. Afinal, ninguém é de ferro.

A gerente os acompanhou até à porta:

— Voltem sempre. A casa é de vocês.

Gianini beijou-lhe ambas as mãos:

– A senhora é um anjo.

Já havia menos gente na rua, mas o velhote continuava a improvisar odes à cidade. Ia na frente do grupo, rolando como um tanque de guerra. Otávio seguia-o em longas passadas. Rolando, abraçado com Geraldo, tinha o revólver como assunto.

– Não é muito longe o apartamento – informou Otávio.

– Que importa, eu o sigo como um cão.

– Sabe que nunca ouvi você cantar? Como o chamavam?

– O Quebra-Vidros.

Gianini não se fez de rogado. Começou a cantar alto, altíssimo. Era um trecho da *Tosca*. As janelas dum apartamento se abriram e um palavrão atravessou a noite. Uns moleques que passavam num bonde bateram palmas. Com a voz mais grossa que um tronco de árvore, Gianini cantou uns oitocentos metros. No fim, ficou rubro, rouco e teve um acesso de tosse.

– Maldito fumo!

– Voz linda, Gianini. Não entendo por que o expulsaram do rádio.

– Ninguém me expulsou! – bradou Gianini. – Quis dar oportunidade aos novos.

Geraldo, que os alcançou, tinha uma reclamação:

– Não acorde os outros, Gianini. Puxa, como canta alto!

– Que você entende de música? Burguesote!

Gianini jurou que alcançava notas mais altas que as de Caruso. Mas não tivera sorte, até nisso o diabólico Vilaboim interferira.

Otávio olhou para o alto:

– Chegamos.

Geraldo se pôs a tremer. Faltava-lhe coragem para entrar num lugar daqueles. Foi preciso que Gianini e Otávio o empurrassem porta adentro. Entraram no elevador e, sem se importar com o silêncio do prédio, o Quebra-

115

Vidros voltou a cantar. Pararam diante dum corredor escuro e dum botão de campainha.

O apartamento era pequeno, muito azul e abafado. Anete, Magnólia e Celeste fumavam e a dona do estabelecimento, dona Daly, fumava com piteira. Encontravam-se as quatro numa saleta entre almofadas, bibelôs e discos. De homem apenas um japonês que, à chegada dos visitantes, demonstrou desejo imediato de retirar-se.

— Você é agora porteiro de algum lugar de luxo?

— Vou a um baile.

— Fica bem de *smoking*, mas precisa acertar a gravata.

Gianini acusou logo uma sede imensa:

— O que há para beber?

— Cerveja.

— Serve.

Algumas garrafas de cerveja se materializaram sobre a mesa e foram distribuídos copos. Geraldo, para ganhar coragem, acabou logo com a metade duma garrafa. Rolando, por causa do seu traje, viu-se um tanto desprezado pelas fêmeas, mas Gianini rompeu qualquer inibição. Como era o mais velho, contentou-se em fazer a corte à dona da casa, a quem chamava de madame e dava insistentes beijos na nunca.

— Venha aqui, Anete — ordenou Otávio, fazendo a moça sentar-se sobre suas pernas. — Magnólia, tire a lata de leite das mãos do Geraldo. Isso me irrita.

Depois dos copos de cerveja, Geraldo pôde rir atrevidamente. O homenzinho parecia ter acabado de ler toda uma biblioteca de livros pornográficos. O seu riso era viscoso, o bote preparado, a alma cheia de fuligem. A maneira com que olhava para as moças chegava a ser indecente.

— Ele está mal-intencionado — observou Magnólia.

— É um excelente pai de família — informou Otávio. — Mas essa despesa eu não pago.

Geraldo consultou a carteira e começou uma ignominiosa e aviltante consulta sobre o preço da carne humana. Gianini, que era lírico e muitas vezes austero, condenou-o:

– Você não está num supermercado. Ponha duas notas de mil no bolsinho da senhora e não toque mais no assunto.

O bom chefe de família fez o que o companheiro mandou e acrescentou um sinal cafajeste para Magnólia. Ela, moça expedita e simplória, de cabelos e alma oxigenada, prática e esportiva, sorridente e responsável, fez-se conduzir pelo braço de Geraldo até seu quarto, onde havia mais bibelôs do que seres humanos em Mônaco. Ao entrar, disse ao freguês:

– Por favor, espere eu tirar a roupa.

Os outros ficaram atrás da porta e Gianini, que não se sabia se estava ébrio ou feliz, bradava:

– Foi-se o dinheiro do empório, Geraldo! Sua mulher e os meninos vão passar mal a semana. Seus amigos, aqui reunidos, aconselham-no a abandonar o comércio da carne e voltar aos programas de televisão.

Geraldo decerto não ouvia. Observava Magnólia, que tirava um gato preto do interior dum criado-mudo branco.

– Ele dorme aí? – indagou.

– Dorme, sim. Se sair do criado-mudo se perde.

– Gostaria de viver dentro do seu criado-mudo – balbulciou Geraldo.

– O quê?

Apenas Geraldo tinha um fim definido. Os outros queriam somente a companhia das moças e o gosto doméstico da cerveja. Rolando dançava com Celeste e perguntava se a casa já fora assaltada. Por que não compravam um revólver? Gianini andava pelo apartamento eufórico. Descobrira costeleta de porco na geladeira e comia, enlambuzando os dedos. Dona Daly a tudo suportava, pacífica.

— Nunca veio aqui uma chinesinha? – perguntou Otávio a Anete, ambos largados no extremo dum divã.

— Uma chinesinha?

— Usa um pulôver azul... Nunca veio aqui? Está certa?

Anete mastigava o canto dos lábios:

— Uma chinesinha? Acho que não.

— Procuro essa chinesinha pela cidade toda.

— Faz tempo?

— Dez anos.

Anete estranhou:

— Então não deve usar mais o pulôver azul...

— Não tenho lá uma grande imaginação e só sei vê-la com o pulôver azul e algo na cabeça, uma espécie de pompom, saltando dum lado e de outro.

Escravo das alterações temperamentais, Gianini clamava de ódio:

— Oh, Vilaboim! Se não fosse o maldito Vilaboim, eu seria seu amigo para todas as horas, Provolone.

— Afinal, o que ele lhe fez?

— Você ainda me pergunta o que ele me fez...

Rolando voltou da cozinha informando que não havia mais cerveja.

— Gostam de rum com Coca-Cola? – perguntou dona Daly.

— De rum sim, de Coca-Cola não.

— Então beba-o puro, Otávio.

A própria dona Daly serviu os amigos e gentilmente levou um copo para Geraldo.

Gianini estalou os lábios:

— Refrescante!

— Isso sobe – advertiu Rolando.

— Não sobe, isto é, acho que não...

Uma hora depois Geraldo saiu do quarto. Estava pálido, mas vitorioso. Trazia o copo vazio na mão. Quis mais uma dose de rum. Magnólia olhava-o admirada. Perguntou:

– Ele esteve preso, esteve?

Otávio saltou de pé:

– O baile!

A única dificuldade foi tirar Geraldo do apartamento. Não queria sair. Recusava-se a sair. Gastara dinheiro, mas tinha capacidade de ganhar. Não tinha? Tinha.

Na rua, os quatro foram caminhando juntos. Mas era o fortíssimo Gianini que os arrastava. Velho campeão de bocha, tinha músculos de ferro. Para demonstrar que bebera sem perder a memória, perguntou a Geraldo:

– O que esqueceu no apartamento das senhoras?

– Meu Deus, o leite!

– Calma, está comigo – declarou, entregando-lhe a lata.

Geraldo atirou-se nos braços de Gianini, grato.

– Onde é o tal de baile? – quis saber o repórter.

– Preciso apanhar um táxi.

– Vamos pôr você num carro – decidiu Gianini.

Ficaram numa esquina à espera de táxi. Estava frio, terrivelmente frio. O diabo do carro não vinha. Otávio estava impaciente e feroz.

– O que é aquilo? – perguntou Gianini. – Um restaurante?

– O Volga, um restaurante russo – informou Rolando.

– Conhece restaurantes russos, Provolone?

Geraldo tomou a iniciativa: queria espiar. Fora tomado duma insaciável curiosidade pelas coisas do mundo. Ao abrir a porta, notou que os amigos o seguiram. Ah, já constituíam um grupo ou uma gangue, como se diz hoje. Laços muito finos e invisíveis, mas fortes, os uniam através da noite esponjosa. Um só coração, um cérebro só e uma só garganta sedenta!

Deram com um amplo salão preenchido de mesinhas, quase todas ocupadas. A freqüência, estrangeira. Uma orquestra típica, num pequeno palco, executava músicas antigas de todas as terras. Uma jovem vestida a caráter dançava.

— Vamos sentar um pouco — sugeriu Gianini.

Um garçom, vestido de russo, mas com sotaque nordestino, perguntou-lhes, quando sentavam:

— Conhecem o coquetel Rasputin?

Devia ser um emissário do Diabo. O tal coquetel era pequeno e verde. Cheirava a desinfetante. Os quatro homens ergueram os quatro cálices até os lábios e daí por diante entraram num mundo com muita luz e ao mesmo tempo com borrões grossos, sons surdos e longos, onde o tato não funcionava perfeitamente, o que fazia caírem com freqüência objetos como isqueiros, caixas de fósforos, cinzeiros, cigarros, copos, guardanapos e outros. Era sobretudo um mundo feito de palavras, umas proferidas, outras engavetadas dentro do cérebro, mas todas cheias de emoção e de sinceridade. Para vivê-lo mais profundamente, repetiram a rodada e em menos duma hora já haviam tomado cada um quatro doses de Rasputin, sem que um só deles se desse por satisfeito. Com os cotovelos fincados na mesa, falavam da vida. Otávio afirmava que o *smoking* significava um novo período em sua existência, muito mais próspero, no qual compraria um apartamento na avenida Higienópolis. Gianini confessava ter resolvido dedicar o resto da vida à vindita: mataria o Vilaboim. Geraldo, o mais queixoso, revelava sua intenção de trabalhar à noite, nos sábados, domingos e feriados para sustentar Magnólia. Se sua esposa morresse, casaria com ela. Rolando, o mais modesto, só queria vender o revólver.

A certa altura, Otávio pediu a Gianini para cantar. Gianini se ergueu cambaleante, empurrou o maestro da orquestra e rompeu um trecho de ópera com tanta potência na voz, que o porteiro da casa entrou precipitadamente supondo que algo tivesse sucedido. Uns dez minutos depois, o proprietário, um russo baixinho e idoso, conduziu Gianini até a mesa e mandou servir a todos uma rodada grátis.

– Gostaram? – perguntou Gianini.

– Gostamos, mas supomos que você mais uma vez não foi muito compreendido.

– Já ouviram voz mais alta que a minha?

– Não.

Ao começar a nova dose, Otávio teve uma crise profunda de depressão. Os outros, preocupados, quiseram saber se o álcool lhe estava fazendo mal.

– Que adianta? – gemeu Otávio. – Que adianta estar aqui comemorando, se perdi a chinesinha.

– Você a encontra – consolou-o Gianini.

– Passou muito tempo.

– Você pode encontrar outra e dizer a si mesmo que é aquela. O pulôver e o pompom você compra ou seus amigos compram e lhe dão de presente. Podíamos fazer isso já?

– Não seria a mesma coisa...

– Como não? Exatamente a mesma coisa.

Otávio refletia:

– Feito! Agora é só casar. Você, Gianini, será meu padrinho e entrará na igreja com a chinesinha.

Gianini baixou a cabeça, trágico:

– Se não estiver na penitenciária... O Vilaboim não me escapa.

Foi Geraldo quem teve a idéia de tirar uma velha senhora para dançar. Nunca dançara na vida, mas não era um fracasso total. Gianini louvou o gesto democrático. Afinal, estavam ali para se divertir. Ou não? Levantou-se e puxou uma senhora casada cujo marido se erguera para ir ao mictório. Um enorme garçom, vendo que a mulher dançava constrangida e amedrontada, interrompeu a dança e

121

permitiu que ela voltasse a seu lugar. Gianini, sem se aborrecer, saiu dançando com o garçom. Agora Geraldo dançava com uma negra velha que entrara no restaurante para vender flores. O garçom não lograva desembaraçar-se de Gianini. Rolando subiu em cima da mesa e começou a sapatear, todo ele mais amassado do que nunca. Otávio dirigiu-se à orquestra, tirou a batuta do maestro e se pôs a regê-la com gestos exagerados.

– O que os senhores estão fazendo? – indagava o gerente, correndo ora atrás de um, ora atrás de outro.

Mas não lhe davam ouvidos. Rolando a sapatear, Gianini e Geraldo a dançar e Otávio a reger a orquestra. Incapaz de acalmá-los, o gerente pediu o auxílio de alguns garçons.

– Os senhores devem se retirar!

Gianini tentou deter a turba:

– Não somos desordeiros, apenas estamos comemorando um aniversário!

– Tire aquele homem da orquestra e aquele de cima da mesa.

Rolando desceu da mesa e começou a andar de gatinhas, dando susto e provocando gritos nas mulheres. Uma delas deu uma joelhada em seu nariz, que sangrou:

– Estamos sendo expulsos! – bradou Gianini a Otávio.

O aniversariante, com uma leve noção do que acontecia, apanhou uma balalaica e se dirigiu triunfante para a porta. Ah, uma balalaica! Jamais pensara ter aquela maravilha nas mãos! Que troféu magnífico pra um marxista-leninista.

– Eh, largue essa balalaica!

Otávio alcançava a porta. Um dos garçons tentou detê-lo, mas recebeu a balalaica na cabeça. O aniversariante, enfurecido, não permitia que lhe tirassem o instrumento. Viajando debaixo das mesas, Rolando chegou perto da porta. Gianini beijava o proprietário, tentando acalmá-lo. Geraldo topou com um marido ciumento e levou tremendo tabefe na cara. Mas ele não se importou: correu à mesa e apanhou a lata de leite Ninho.

– Batamos em retirada – aconselhou Gianini.

Quatro fregueses investiram contra Geraldo e Otávio, enquanto o dono da casa bradava:

– Tirem a balalaica desse aí!

Geraldo foi arremessado ao chão. Alguém jogou algum líquido no rosto de Gianini. Otávio via-se assaltado por dois robustos sujeitos que lhe queriam tirar o instrumento-símbolo. Ele se defendia com uma coragem que dava orgulho aos amigos.

Nos momentos amargos e perigosos é que se provam as amizades. O grupo resistia ao primeiro impacto, sofria unido a primeira adversidade, fortalecia-se na batalha. Uma gangue verdadeira, muito fraternal e brincalhona. Eram como D'Artagnan e seus amigos; Gianini apenas um pouco baixo para ser comparado a Porthos; o puro Geraldo, uma espécie de Aramis; Rolando era Athos, não tinha nada em comum com Athos, mas era Athos; e Otávio, D'Artagnan. Como eram emocionantes na briga! Gianini ameaçava arremessar uma cadeira. Um vaso muito bizantino fragmentava-se no chão. Os amigos do peito lutavam, mas a vitória ainda não estava garantida. Aqueles burgueses se organizavam para novos arremessos.

Rolando teve uma idéia-mãe. Puxou o revólver do bolso:

– Eu atiro! Pertencemos ao terrível bando dos Bacanaços da Noite! Estupramos donzelas e roubamos cigarros americanos. Ah! Ah! Ah!

Gianini ainda procurava conciliação!

– Somos do Centro XI de Agosto, entendam!

– Na sua idade, velhote?

Rolando deu um salto para a frente e começou a agitar o revólver no ar:

– Malditos russos-brancos!

Uma senhora desmaiou e foi logo cercada.

– Ninguém me tira isso da mão! – berrava Otávio.

Rolando garantia a retirada:

– Caiam fora, eu agüento a turma.

Saíram para a rua, Otávio com a balalaica. Desceram a rua correndo, ou procurando correr. Chegaram à esquina inteiramente sem fôlego, mas os aguardavam novas complicações. Um guarda-civil se aproximou deles:

– Que houve aqui? – perguntou.

Gianini bateu-lhe no peito com o nó dos dedos:

– Viu por acaso uma chinesinha de pulôver azul?

O guarda não gostou da pilhéria:

– Não vi ninguém.

– Tem na cabeça uma boina com pompom ou coisa assim – ajuntou Otávio.

– O que o senhor faz com esse cavaquinho?

– Não é cavaquinho, é uma balalaica.

– Onde arranjou?

– Pedimos emprestado a um príncipe russo que ajudou a matar Rasputin e escondê-lo numa cratera de gelo no pátio dum grande palácio em Moscou.

O guarda-civil olhava um a um, desconfiado.

– E essa tal chinesinha?

– Não existe – confidenciou Rolando.

– E como querem que eu a procure?

– Ah, o senhor só procura pessoas que existem? – espantou-se Otávio. – E as que existem mas se foram, envoltas em névoas do passado? Seu próprio ordenado não é uma coisa para o passado, para pagar despesas do passado?

O guarda-civil perdia a calma e com razão:

– O que os senhores fazem?

Otávio cuidou das apresentações:

– Eu sou publicitário. O senhor deve conhecer uma das minhas campanhas: "Mil à vista e o resto a perder de vista". Fiz mais pela inflação do que qualquer pessoa. Este senhor gordo é um excelente cantor, prejudicado embora por um tal Vilaboim. Geraldo é um bom chefe de família e leva uma lata de leite Ninho na mão como um atestado de boa conduta. E Rolando é um dos baluartes da nossa imprensa marrom. Escreve matéria-prima de samba na última página dum jornal.

O guarda-civil deu-lhes um conselho:

– Vão para casa.

Os quatro, um abraçado no outro, seguiram aparentemente o conselho dado pelo representante da lei. Ao virarem a esquina, deu a louca no Otávio, que começou a correr e desapareceu na rua. Só foram encontrá-lo muito distante, sentado na guia da calçada e choramingando:

– "Quero-a pura ou degradada até a última baixeza" – recitava.

– Por que você correu? – perguntou Gianini.

– Tive uma visão... Vi a chinesinha.

– A chinesinha, você disse?

Otávio balançou a cabeça. Os amigos o ergueram. Foram andando a gozar a fresca da noite. Gianini urinou numa árvore. Geraldo, num poste. Este estava muito feliz e confidenciou ao amigo com uma satisfação absurda:

– Nada nos detém, não é?

– O quê?

– Primeiro a briga, depois o guarda... Venha quem vier.

Gianini não entendeu o que o outro queria dizer, mas adivinhou que era algo glorioso.

Andava no meio da rua, molemente. Três não sabiam para onde se dirigiam. Otávio, sim. Meia hora depois param-ram diante dum edifício recortado de janelas fechadas.

125

Otávio viu um porteiro que deixava o prédio:

– Aqui está o convite. Trouxe esta balalaica cheia de ritmos bárbaros e orientais.

O porteiro sorriu:

– O baile acabou.

– Como?

– Às quatro.

– E que horas são, animal?

– Quase cinco.

Otávio olhou para o *smoking* e começou a sorrir e depois a gargalhar histericamente. Caiu sobre os amigos que o envolveram com seus braços. Ele abandonava o corpo e não parava de rir.

– Cheguei tarde – disse.

Os outros ficaram deprimidos:

– E você, que mandou cortar o *smoking*!

– A noite nos tragou – reconheceu Otávio.

– A noite engole os boêmios. Abocanha gente e estrelas...

– Mas você tem a sua balalaica.

Foram andando, abatidos. Pararam num bar de esquina para tomar café. Havia um cheiro gostoso de café no bar sujo. A noite já não estava tão negra e logo os operários a estragariam com sua correria e seus problemas pequenos. Encostaram-se no balcão. Otávio, muito tonto, com vários gostos esquisitos na boca. Diante deles um espelho com letras coloridas.

Otávio não via a gravatinha. Tudo que via, disforme, como se estivesse dentro dum copo d'água. Para manterse desperto, prendia-se a palavras. Inventara um jogo. Amparou-se, cauteloso, na palavra "cigarro". Mas ela se rasgou, escorregou-lhe das mãos. A "colibri" desfez-se em plumas. Lembrou-se, inteligente, duma composta: *blackboard*, feita de aço estrangeiro. Agarrou-se a um invisível traço de união com tanto peso e insensatez, que as palavras se dobraram. No canto do bar caíam as palavras já usadas e inúteis. Um gato fosforescente se aninhava sobre elas. Com medo de que o traço de união se rompesse, segurou com a mão direita a palavra *black* e com a esquerda a palavra *board*. Fazia exercício muscular, muito saudável, na barra dessas palavras, que eram dum metal duro, porém flexível.

– Tome o café, Provolone.

Otávio largou a xícara sobre o balcão. Só numa segunda tentativa umedeceu os lábios. Geraldo nem isso conseguia fazer. Rolando estava amassado sobre o balcão. Gianini, engraçado, ficara menor e mais gordo.

– *Backboard* – disse Otávio.

– Quê?

– *Black... board...*

– Ah! – exclamou surdamente Gianini como se tivesse penetrado em seu mundo interior.

Otávio passou os dedos nas cordas da balalaica e sorriu ao ouvir o som. Voltou, porém, a equilibrar-se nas palavras. A *black* já estava torta, mas ainda servia. É que ele aprendera o exercício.

– *Board...*

Gianini quase encostava o ouvido à sua boca para ouvi-lo. Rolando olhou o relógio do bar. Geraldo bocejou:

– Tem mictório aqui? – perguntou Gianini ao moço do café.

– Lá embaixo.

– Obrigado.

Em fila indiana, os quatro atravessaram o bar e começaram a descer uma escada estreita e escura de cimento. O cheiro de urina era de arder as narinas. O mictório escuro e pequeno parecia um túmulo no ventre duma pirâmide.

Lá fora o dia nascia; prometia ser ensolarado, quente, mas duma quentura agradável. Não haveria muitas nuvens; as crianças teriam disposição para brincar. Alguns empregados teriam coragem para pedir aumento de salário. As mulheres aproveitariam o dia para a limpeza de casa e as prostitutas desceriam até a avenida nos seus vestidos leves e estampados. Quando se dirigiram ao mictório, no bar ficou apenas o moço do café. Só a imaginação mórbida de Geraldo falaria mais tarde que viu a morte entrar no bar e pedir um café.

O escorregão de Rolando foi simultâneo com o tiro do revólver. A arma não era boa: ao bater no chão, disparou e saltou os degraus. Otávio, com seu *smoking* que parecia ter mil anos, ia começar a urinar quando a bala o atingiu. Os amigos, aterrorizados e acordando, viram-no cair no cimento molhado do mictório. Ficou ali, embebido em urina, como uma mancha preta, de contornos imprecisos, tendo ao lado a balalaica e o revólver.

— Meu Deus! — exclamou Rolando.

Gianini abriu uns olhos enormes e curvou-se sobre o corpo:

— Acertou a cabeça...

Rolando urrava e Geraldo estava petrificado.

— Que vamos fazer?

Gianini pensou rápido:

— Deixe o revólver aí, ninguém sabe que ele é seu, não é? Você não o comprou, certo?

Rolando entendia:

— Vão pensar que a arma estava com ele.

— Assim não envolvem a gente – disse Gianini, o mais lúcido de todos. – Vamos subir.

O moço do café surgiu no alto da escadaria.

— Que foi?

— Uma ambulância – ordenou Gianini. – Um homem escorregou e disparou a arma dele... Levava um revólver no bolso...

O garçom saiu correndo para a rua. O bar não possuía telefone.

– Vamos ser presos... – disse Geraldo. – Vão nos interrogar... Minha mulher morrerá de susto.

Gianini foi até a porta:

– É só ir embora... Se nos perguntarem, diremos que não o conhecíamos. Entrou no bar conosco por acaso. Senão, a balalaica nos complica.

Silenciosamente, caminharam até a esquina, com a impressão de que os perseguiam. Viraram a esquina, nervosos. Vinha um bonde vazio e Gianini agilmente saltou nele, acompanhado dos dois, não menos ágeis. Gostavam de Otávio, mas que adiantaria ficar lá, ter de ir à polícia, dizer de quem era o revólver e explicar o furto da balalaica?

Já no bonde, Geraldo perguntou:

– Acha que morreu?

– Creio que sim.

– Foi na cabeça?

– Foi.

O cobrador, no estribo, estendeu a mão. Gianini pagou as passagens.

– Se não fosse esse fim, a noite teria sido grande.

– Por que será que ele roubou a balalaica? – perguntou Geraldo, pálido, mas livre da embriaguez.

Gianini sacudiu os ombros:

– Capricho.

– Sempre roubava coisas?

– Acho que não, claro que não.

Felizmente o bonde moroso e barulhento se afastava do bar trágico. Gente despreocupada e simples ia entrando.

Depois da primeira parada, Gianini lembrou-se de algo e cutucou Geraldo:

– Esqueceu a lata?

– Que lata?

– De leite.

– Está aqui – disse Geraldo, mostrando-a.

– Bem.

EU E MEU FUSCA

Ah, eu e meu Fusca! Aquele reclame da moeda forte me pegou! O Fusca é um carro pequeno, e eu quando embarco fico pequeno também, não no tamanho, mas na cachola, se me entendem. Dentro do carango viro garoto, o mesmo que fui no Instituto, embora sem ninguém pra me chatear ou ficar espiando. Com três aulinhas mixurucas eu já guiava esta joça como veterano e tirar a carta foi uma moleza. Sou demais na direção. Medo de correr não tenho, e se um dia tiver que me estrepar que seja com o distintivo da VW cravado nos intestinos. Mas nesse dia espero que vejam meu tesouro com todos os acessórios bacanas das lojas da Duque.

– Eh, Januário, aposto que nem precisa trocar o óleo.

Estou na bomba de gasolina e o Januário é o cara de lua cheia que sempre me atende. Conhece meu Fusca a distância e agita no ar sua camurça amarela. Disse que não há na cidade Volks mais limpo e melhor equipado que o meu. E é verdade. Trato dele com todo o carinho, como gente. Um dia me funde a cuca e boto leite no tanque de gasolina.

– Janu, o que há com aquele Gordini? Está lhe enchendo o saco, não? O que adianta ganhar corrida até no gelo se vive com pneumonia? Veja a calibragem, Cebo-

131

lão. Hoje vou faturar uns duzentos. Não, nada de Santos. Quem gosta de areia é siri. Meu negócio é o asfalto. Esta cidadona tem visgo. Ciau, Janu. Diga ao dono do Gordini que ele caiu no conto das quatro portas.

Ligo o rádio. Manja o som. Até na São João, com todos aqueles prédios, já peguei o Rio de Janeiro. Querem ver os faróis de neblina? Custaram uma nota, mas são os melhores da praça. Observem agora os frisos laterais, como brilham! Meu carango é o mais badalado que existe. Hoje ninguém adivinha que já foi um Pé-de-Boi, comprado em fila. Veio nu e tive que vesti-lo como um enjeitado, como fizeram comigo no Instituto. Olhem o Mug balançando. A mãe dele tomou talidomida, mas dá sorte, como garante aquele crioulo pilantra da televisão. Experimentem as portas. Batem sem pena. Neca de barulho, companheiro. Ele é todo assim, macio e silencioso. Às vezes, por gozação, dou um pulo à zona dos marreteiros, em marcha lenta, pra pôr água na boca dos caras.

– Quer vender?
– Quer vender?
– Quer vender?
Vou parar para aquele nanico, morem.
– Gostou da pinta do carango, Meio-Quilo?
– Pago seis à vista, meu chapa.
– Seis dê pra mamãe.
– O quê?
– Tire a mão do meu Fusca, Amendoim.
Subo a Eduardo Prado, indo ao Pacaembu. Não pensem que me complexo diante dos Itas e Mercedões. O meu vermelhinho brilha mais do que eles e tem personalidade própria. As pequenas manjam ele com o rabo dos olhos. Há uma gorducha que mora naquela rampa, a mais gamada de todas. Fica toda acesa quando meu Fusca aparece. Quanto às domésticas, Márias, Marias e Mariás, pe-

garia quantas quisesse, se trabalhasse com esse artigo. Não é pras fuleras que embandeiro meu besouro. Vou fazer aquela curva diante do estádio só pra sentirem a direção. Manobro com este dedo. Vejam lá o sorveteiro baiano que se encagaça com minhas brecadas. Pensa que sou matusca.

– Tem sorvete de vatapá, Bom Baiano? Olhe, dê um de morango, mas só pago se cantar *A Baixa do Sapateiro*.

No começo ele cantava. Este cabelão e os anéis assustam os pacatos. Piso para a Paulista, chupando sorvete. Passa um Galaxie por mim, guiado por um turcão, com uma dona do lado. Não concordo: arranco na frente do bacanudo e vou tranqüilo, segurando o tráfego, sem ligar a mínima para as buzinas. Pra que pressa, seu Libório? Estou apenas exibindo os frisos e ouvindo a Pan. Falta ainda muito para anoitecer e acho que darei uma parada na pensão pra beijar a nuca de D. Itália, ela me ama.

Hoje é gostoso, folgado, mas foi uma luta comprar este Fusca. Lembram aquela música: "Pra ter fonfom trabalhei, trabalhei"? O cara deve ter se inspirado em mim. Desde os tempos do bar, servindo os pinguços e passando o pano no mármore, já ajuntava as manolitas. "Caixinha, obrigado!" Talvez vocês devam me ter dado gorjetas, me ajudado a comprar o besouro. Para economizar, até apanhei uma onda de dormir nas praças. Daí esta tosse de cachorro que D. Itália não consegue curar.

Paro diante da pensão, uma casa bacanérrima, com jardim na frente e pintada de novo. Moro no andar de cima, naquele quarto que está com venezianas abertas. Antes tinha um companheiro meio biruta que agora trabalha como palhaço na TV. Chamava ele de Shazan! porque aparecia e desaparecia de surpresa. Quando Shazan! se mudou, D. Itália, que apelidei de D. Península, fez um abatimento no aluguel e fiquei sozinho. O Fusca guardo debaixo da basculante. Como sempre, saio do carango e entro pela cozinha para filar alguns bolinhos ou pastéis. Entro com pé de veludo e dou um beijão de estalo na nuca da referida.

— Ai! Que susto!

— Qual é o petisco, tia? Camarão?

— Só sirvo na mesa.

— Unzinho, D. Península. Prometo deixar para os outros.

Certamente não sou o único hóspede! D. Itália é viúva e precisa faturar sem fazer da casa uma cabeça-de-porco. Embaixo mora um casal de balzaques que acompanha a tia há vinte anos. Em cima tem um encalhado, três estudantes barulhentos num quarto, um cabeleireiro na despensa e eu belo belo no quarto da frente. O solteiriço daria até o rabo pra me desalojar, mas eu que sou o queridinho da dona da casa.

— Mirou os frisos novos do meu Fusca?

— Vi quando saiu.

— É ou não é o besouro mais enjoado da Paulicéia?

— Você me pergunta isso todo santo dia.

Como um bolinho, depois outro, mais pra ficar com a velha, que precisa de companhia e de agrados. Coitada, só tem os inquilinos. Se algum dia acerto uma acumulada, dou a metade pra ela.

— A senhora tem jornal?

D. Itália olha ao redor: esteve lendo, mas não sabe onde pôs. Aponta para o pequeno jardim-de-inverno. Vou lá e vejo o jornal nas mãos do encalhado, um sujeito misterioso, desses tipos que vivem em pensões e hotéis mambembes. Queria ver a página de cinema, mas o Lobisomem não larga o jornal, dobrado em quatro partes em suas mãos peludas. Já perceberam minha queda pra botar apelidos? O Lobisomem é o solteirão, sempre molhado de orvalho, pois é na madrugada que se transforma em cachorrão para fazer das suas. Já tive até pesadelo, de barriga cheia, perseguido por ele na floresta, a sentir no pescoço seu bafo de bolinho de bacalhau.

Agora quem surge no jardim-de-inverno, de robe chocolate, é o Cary Grant, o mais velho hóspede da Itália, sujeito simpático, com tarimba de vida em conjunto. Está sempre pedindo ou oferecendo cigarros e tomando seus tragos escondido da mulher, a Betty Davis. Ele e a mulher são boa gente, legais paca.

— O que há sobre o atirador?

O Lobisomem está justamente lendo sobre.

— Ainda não pegaram.

— Tem retrato falado?

— Como, se ninguém o viu?

— Quem foi a última vítima?

— O coitado dum pau-de-arara. Sempre escolhe gente assim, molambos sem eira nem beira.

Enquanto continua com essa conversa, não posso ver a página de cinema. Sou doido por um bangue-bangue bem quente. Subo para meu quarto, sempre limpo. Logo se vê que D. Itália esteve aqui. Sou um relaxadão. Cuidado, só tomo com meu Fusca. Largo-me na cama e abro o criado-mudo onde guardo o álbum com os anúncios de Volkswagen. Alguns sei até de cor. Coleciono desde meus tempos de garçom. Graças a Deus tenho hoje o meu Fusca, mas dou graças também a ter entrado na corretagem. Sou bom de papo e tive sorte na profissão. Ainda esta semana, vendi uma quitinete para uma puta aposentada.

Lavo o rosto, ajeito o blusão de couro e desço para o jardim-de-inverno. O Lobisomem e o Cary Grant ainda falam do atirador. A eles junta-se agora o Clô, o cabeleireiro.

— Mas ninguém viu a cara dele? — indaga a bicha.

— Quem viu morreu — respondeu Cary.

— Mesmo quem morreu não viu — corrigiu o encalhado. — Ele atira a distância.

– Mas por que mata? – arrepia-se Clô.

– Para se divertir.

D. Itália aparece na porta, avisando que o jantar está pronto. Nem sempre janto na pensão, principalmente aos sábados, mas estou interessado nos bolinhos de camarão, apesar da sede que vem depois. Na mesa, os hóspedes só falam de crimes. O Lobisomem tem uma memória bárbara para crimes os mais misteriosos.

– Ainda se diz que os piores crimes se cometem em Londres! Invenção dos romancistas. O próprio Jack Estripador é ama-de-leite perto dos nossos.

– Os ingleses fazem muita propaganda do *fog* – diz Betty. – Pura atração turística.

– Vamos mudar de papo! – protesta o Clô, horrorizado. Odeia qualquer tipo de violência, o lindo.

Cary Grant tem seu ponto de vista:

– Olhem, talvez o homem seja adepto da eutanásia. Apenas mata os que sofrem. Falo dos doentes sociais, dos párias. A intenção neste caso é boa.

– Você defende um tarado desses? – escandaliza-se a mulher.

Nem ouço a conversa mole, engolindo os bolinhos. Avanço na jarra de refresco de cenoura. Qualquer refresco para mim é bom. O que não topo mesmo é bebida alcoólica, a não ser Malzebier, que é docinha. Não vou esperar pela sobremesa, já com saudades do besouro.

– *Ciao,* tia!

Dou um beijo de despedida na velha, sob o olhar gozador do Lobisomem, que é incapaz de agradar uma pessoa. Já o Cary Grant e esposa ficam sensibilizados quando do trato assim a Península. Passo os dedos nos cabelos do Clô e saio da sala, levando o último bolinho.

Lá está meu cavalo vermelho sob a basculante! Quando estava no Instituto, acompanhei um seriado de Buck

Jones, *O cavaleiro vermelho*. Hoje sou dono daquele cavalo. Marcha à ré e ganho a rua. Já é noite e gosto mais da noite. Como é que vocês guiam? Eu costumo pôr todo o braço esquerdo pra fora e só dirijo com a direita, meio caído pro lado. Um jeito casual de quem está fazendo uma coisa à-toa, sem aquilo de "dez para as duas" que ensinam na auto-escola. Buck também montava largadão, como se estivesse numa poltrona. É essa minha panca que atrai as gatas. Sou o mesmo, assim à vontade, quando levo os fregueses a ver os imóveis. Pode sentar o presidente da República a meu lado e continuo a guiar nesta toada. O Prestanudo, da Imobiliária, é que se implica. Diz que guio como se estivesse baratinado. Mas o fato é que os fregueses vão com minha cara e fazem negócio.

– Jornal, patrão?

Fico por conta com esses jornaleiros que querem empurrar jornais para quem está guiando. Já tapei o olho dum com uma cuspida. Vejo o título: "Toda a polícia na caça ao atirador".

– Me dá um, flagelado!

Vou em frente para o centro. Há tanta fila nos cinemas que perco o tesão de assistir a um bangue. Cinema aos sábados não dá pé. O melhor, acho, é dar uma flertada com a gorducha da rampa do Pacaembu. Ela costuma ficar no jardim do palacete à noitinha. Como o trânsito é lento, ergo o jornal, iluminado pelo farol do carro que me segue. Não dá pra ler nada, volto à antiga posição. Enfio o Fusca entre um Aero e um Desoto caindo aos pedaços. Me saio bem. Os dois motoristas se assustam e morro de rir. O que faz esse maldito Mercury na minha frente? Quase encosto nele para acordar o folgado. Livro-me da São Luís, vou pela Bela Vista, 9 de Julho e depois Pacaembu. Olhem o estado desse Cadillac, um rabo-de-peixe do ano 50. Teria vergonha de guiar um troço assim. Meu Fusca não tem um risquinho sequer... Minto. Já levou uma trombada.

Acho que foi a única vez que chorei na vida. Eu tinha descido do Volks pra tomar um sorvete. Ia dar a primeira chupada quando ouvi o barulho. Um diabo de Interlagos batera na traseira do meu. Vi o amassado e perdi a cabeça. O dono do Inter tinha o dobro do meu tamanho, mas tentei arrancar ele pela janela. Aí a turma do deixa-disso entrou e me segurou os braços. Mas ainda eu tinha gás: soltei os pés no estômago do fulano. Pra encurtar a história, veio um guarda e o dono do Inter me deu uma nota. Mas não pensem que me alegrei. Aí que houve o vexame, pois me larguei da calçada e comecei a chorar como um bebezinho. Uma porção de pessoas me rodeou, pra me ver chorar, e eu não me mancava. Foi uma senhora de boa-pinta que me levantou da calçada. Nem olhei pros lados: saltei no Fusca e corri pra uma especializada. Besteira! Estava fechada. Sabem o que fiz? Encostei o carro e dormi dentro dele até o dia seguinte, quando abriram a oficina. Puxa, só eu sei como enchi os sapatos do pessoal da funilaria!

Já estou perto da rampa do Pacaembu, onde mora a tal gorducha bunduda. Faço a volta no estádio, emparelho com um auto-escola, cruzo diante dele para dar uma gozada e subo a rampa fazendo os pneus rangerem. Diabo, acho que tenho a falada intuição. Vejo atrás de um portão, num jardim, um balãozinho de São João pronto para subir. É ela! O vestido tem listas, por isso me lembrou um balão. No duro que não sou muito traquejado para abordar pequenas e não gosto nada de levar o contra. Nem meu Fusca me curou disso, mas essa gorducha não posso perder, ela me dá bola há meses.

Paro o Fusca e sorrio para a tal com cara de James Dean. Faço sinal pra que ela se aproxime do carango.

O balãozinho responde com outro sinal, para que eu estacione mais adiante. Atendo, é claro. Agora a banhuda vem e meu relógio dispara no peito. De perto, é ainda mais gorda, pele lustrosa, e tem cara de quem já deu.

— O que você quer?

— Me deu na telha de convidar você para um giro. Topa?

— Estava esperando meu namorado — mentiu.

— Estava, mas não está mais. Entre.

Com que folga ela entra no Fusca, cheirando como uma rosa, uma rosa gorda, meio mole, sorridente e vermelhuda. Ponho o carango em movimento e começo o interrogatório naquela base.

— Como é seu nome, bonecona?

— Suely.

— Não gosto, é pequeno demais. Parece que você nasceu magra e depois foi engordando. Vou chamá-la de Mariângela, é um nome que dá trabalho à boca.

Ela riu e o riso saiu comprimido pelos seus setenta quilos.

— Para onde vamos, Henrique?

— Não me chamo Henrique, bonecona.

— Ora, não mudou meu nome? Vou mudar o seu.

— Henrique até que é bom. Ainda não conheci ninguém com esse nome, a não ser nos livros escolares. Há sempre um Henrique, lembra? Mas, voltando ao assunto, o Fusca resolve onde a gente vai.

A gorducha é uma garota sossegada. Ajeitou-se no banco, displicente, com a boca entreaberta. Está levantando o rabo porque se sentou sobre uma coisa: ah, o jornal!

— Você também quer saber quem é o Atirador, Henrique?

Pegou o jornal, dobrou-o e tentou lê-lo. Só pra brincar, fiz uma curva fechada, desequilibrando-a. Caiu em cima de mim, rindo, e desistiu da leitura. Estou sentindo seus cabelos no meu rosto, mas ela já retorna ao seu ponto de equilíbrio. Garota matusca, essa, toda solta, dona do seu nariz e provavelmente sem horário para voltar.

– Você é o quê naquela casa, Mariângela?

– Estou passando uns meses com meus tios. Sou do interior, sabe? Mas eles são camaradas e não se incomodam se dou um passeio.

– Como eu chamo mesmo?

– Henrique.

Dirigi uns dez minutos ou mais em silêncio, só desviando o olhar para as coxonas dela, ao meu lado. As gordas são tranqüilas e aquela era uma gorda que flutuava. Acho que já a vi num desses anúncios de rua como reclame de fortificante, toda colorida, com uma colher de sopa na mão. Desci toda a avenida Pacaembu, tomei a rua das Palmeiras e num instante retornei ao centro, costurando o tráfego com aquela classe que Deus me deu. A gorda não tem medo das guinadas do meu Volks, apenas sorri com minhas valentias, sem olhar-me.

– Quer conhecer a tia Itália? – pergunto. – Vamos até lá tomar um licor de cereja. Não diga que não, Mariângela.

Não esperei resposta para tomar o caminho, e agora já estou perto da pensão sem que essa resolução provoque a menor reação na garotona gorda da rampa, que se abana com o jornal e brinca de encaracolar os cabelos.

Quando brequei diante da pensão, a gorda olhou com tanta naturalidade para o sobradinho como se morasse nele comigo. Até achei graça, mas ela, sem saber do que ri, já está me acompanhando ao interior da casa. O Lobisomem ainda está no jardim-de-inverno e fica espantado: em menos de uma hora saio e volto com uma pequena. Deve estar com inveja, o encalhado. Meu rumo é a copa.

– Aqui que mora D. Itália?

140

A dona da pensão, que enxugava pratos, volta-se, me vê com a gorducha e sorri enormemente. Como essa mulher sabe rir!

– Quem é a beleza?

– É a Mariângela. Encontrei ela rolando numa rampa.

Foi instantânea a simpatia que nasceu entre as duas, como a partida rápida do meu Fusca. Abraçam-se, a Itália já desfiando seu rosário de elogios para mim, apenas me chamando de desmazelado. Diz que atiro no chão as toalhas de banho usadas e que sujo mais camisas que qualquer pessoa no mundo. Apesar de tudo (está dizendo) sou de fazer feliz qualquer moça direita.

Cary Grant põe a cara na cozinha. Vocês bem sabem como o Cary é. O mesmo que trabalhou tão bem em *Aventureiro da sorte* e que ri porque o contrato obriga.

– Você começou bem a noite.

– Este é o hóspede mais velho.

Mariângela estende-lhe a mão mole e amiga.

– Muito prazer, senhor.

Cary diz que teve na juventude uma namorada igual a ela. Fazendo graça, convida Mariângela para fugir com ele. As banhas da gorducha tremem de tanto rir.

Betty Davis aparece na porta da copa; o marido, sem se surpreender, apresenta-a como simples conhecida, provocando mais risada de todos nós.

– Senhorita, este homem é casado – asseverou a veterana, dentro da brincadeira. – E eu conheço sua esposa tão bem como a mim mesma. Mas, se quiser lhe fazer um favor, fuja com ele. Fará um péssimo negócio!

D. Itália, que sempre está servindo alguma coisa, serviu o refresco de jarra. Estava comovida com meu sucesso e gostando da bonecona. É melhor assim, quando todos estão de acordo. Até o Lobisomem, com seu robe vermelho, apareceu, mas preso ao assunto antigo.

– O jornal diz que o tal funciona de carro. Por isso que não o apanham.

– Um atirador motorizado?

– Atira e foge.

– De que marca é o carro?

Abraço Mariângela para mostrar-lhe a casa, menos meu quarto, para que não pensem mal da moça. Apenas entro para apanhar meu álbum de recortes, que vou lhe mostrar no jardim-de-inverno. Leio alguns anúncios para ela, como fazem os locutores de televisão. A seu pedido, releio aquele anúncio do "O Fusca vai às corridas", que é uma gozação ao Gordini. Ela está junto de mim, com a coxona dela colada à minha e o rosto a uns três dedos do meu.

– Como você lê bem, Henrique!

– Nunca li um anúncio do Fusca que fosse ruim. Gosto muito daquele da Kombi, cheia de lutadores.

– Muito bem bolado, não? Tive um namorado que trabalhava em agências de anúncios. Ele era um cara bacana.

D. Itália aparece no jardim-de-inverno.

– Pra quando é o casamento?

Pela primeira vez fiquei sem jeito e olho para Mariângela, acho que corado.

– Pra quando ele quiser – responde a gorducha.

Sou magro, mas adoro essa calma das pessoas gordas. Nenhuma moça magra falaria assim, logo na primeira noite.

– E você, o que diz? – pergunta a Itália.

– A mesma coisa. Caso logo, se a senhora fizer um abatimento no aluguel.

– Claro que faço! Apenas dobro o preço das refeições.

– Negócio feito.

Quem se levantou primeiro fui eu, pois Mariângela parece disposta a continuar aqui, já amiga de todos, com exceção do Lobisomem. Contei a respeito dele, que matara a noiva e a enterrara num quintal, e que um dia a polícia aparece para prendê-lo.

A bonecona deu quatro beijos nas faces da D. Itália, beija Betty Davis, dá um grande abraço no Cary Grant, que renova o convite para a fuga. A pensão é gostosa, mas é melhor ainda estar dentro do Fusca, passeando pela cidadona.

Agora Mariângela já se encosta em mim. Seu peso em meu lado direito me agrada. Ela parece uma *big* bola de assoprar que tivesse entrado pela janela do carro na passagem por um parque de diversões. Sinto sua respiração, que lembra um pouco ginástica pelo rádio diante da janela. Às vezes, eu olho pra ela, ela me olha e a gente continua em silêncio. É incrível que em três horas já podemos ficar calados e nos entender. Vou onde o Volks quer ir.

Uma hora depois, Mariângela pede:

— Me dá um sorvete?

— Só se me der um beijo.

— Detesto beijar com a boca seca.

Foi a gorducha quem começou, me cobrindo todo com seus braços gordos, lisos e fortes. Não imaginava que gostasse de beijos como gosta de sorvetes. Beija com a mesma gulodice, com aquele ritmo excitante das colhedoras. Exagerou tanto no sorvete que sua boca ainda está gelada, seus dentes, sua língua e seu hálito de morango. Mas com a insistência e os movimentos de sucção a coisa vai esquentando. Passo do inverno para o verão, e isso me dá a impressão gozada de que a beijo há seis meses. Ou em toda uma viagem de São Paulo para Pernambuco.

Mariângela me empurra e faz uma pergunta:

— Onde fica o Jardim Paulistano?

— Por quê?

— Tive um namorado que morava lá.

A conversa nesse ponto volta ao passado, acho que

estou com ciúme. Quero saber se teve muitos namorados, como eram eles e se já ficara noiva. Coisas que os namorados sempre perguntam no primeiro dia.

– Já tive uma porção – ela confessa com aquela sua naturalidade. – Todos uns bolas murchas. Não lembro nem o nome deles. Os mais espertos se contentavam em bolinar. Esse que morava no Jardim Paulistano ao menos tinha umas coisas boas. – E começa a rir com um arzinho de mistério que me deixa interessado.

– Que coisas boas ele tinha?

– Coisas boas que seriam más para muita gente.

– Exemplo.

– Quer um exemplo?

A bonecona custa a falar e logo descubro que não quer mesmo falar. Tenho que espremê-la contra a porta do Volks para que me conte o que aconteceu.

– Se não falar, deixo você aqui e vou embora.

– Mas é um negócio tão bobo!

– Vocês metiam?

– Bem, quase, você entende... Mas é isso que eu quis dizer. Falo de uma tarinha que ele tinha e eu também. Muitas noites saíamos só para isso. Ele passava na rampa, buzinando, e eu entrava correndo no seu Impala. Que garotão malvado, meu Deus!

– O que ele fazia?

Mariângela conta que uma noite iam por uma rua quando o Impala atropelou um gato. Isso não foi nada, mas três dias depois aconteceu a mesma coisa. Ela achou graça na coincidência, porém o tal, com cara de diabo, disse que fazia isso quase todas as noites. Não podia dormir se não atropelasse um gato com seu carrão. Mariângela não se escandalizou e confessou também gostar do barulho seco que o pára-choque fazia quando batia nos gatos. Depois, havia nisso uma certa técnica, exigia precisão e golpe de vista, pois os gatos eram muito ligeiros e se o motorista hesitasse uma fração de segundo o bichano se safava. O moço do Jardim Paulistano era um mestre na brincadeira. Mal via os olhos brilhantes do gato, dirigia o carro lentamente em sua direção, e só nas proximidades dele é que usava o acelerador com toda fé e certeza. Durante uns três meses, Mariângela vira apenas uns três ou quatro fracassos. Infelizmente, ela lamentava, o moço do Impala deixou de apanhá-la na rampa. Se costumava ficar no jardim da casa era na esperança de que uma noite ele reaparecesse.

— Você está chocado? – ela perguntou. – Vai ficar zangado comigo?

— Nada tenho contra ou a favor dos gatos, mas acho isso de matar animais uma covardia. Para seu namorado só havia o perigo de quebrar um farolete...

Mariângela pareceu-me doida.

— Era excitante, Henrique! Fiquei viciada!

Baixo a cabeça:

— Gostava do tal apenas por causa disso?

— Acho que sim, embora ele beijasse muito bem depois de matar os bichanos.

— Gostava mais do que dos outros namorados?

Ela balançou a cabeça como uma molecona:

— Os outros nunca me divertiam. Não sou fanática por cinema e um rapaz que só fala de futebol está queimado comigo. Houve um, rei dos chatos, que tocava órgão na igreja. É possível a gente sair com um tipo assim?

Acaricio os cabelos de Mariângela. Bonecona triste, olha-me à espera de meu perdão. Giro a chave, já engato a primeira e deixo o muro para trás. Descobri um belo lugar para beijar garotas, caso Mariângela não me queira mais. Agora há menos movimento nas ruas. Como o tempo corre na companhia dessa moça gorda. Ofereço um cigarro, diz que não fuma. Melhor assim, sua boca estará sempre fresca para os beijos. Beijar para ela é uma necessidade, não um vício, como são o fumo e a bebida. Pergunto-lhe como são os seus tios.

— Um casal de velhos que apenas quer uma coisa: que eu me case. Querem se ver livres de mim.

— Vocês se dão bem, como eu e D. Itália?

— Menti algumas coisas, Henrique. Os velhos não são meus parentes. Eu morava no interior até o ano passado, com mamãe, quando ela morreu de câncer. Esse casal era amigo de meu pai. Com medo de ficar só, escrevi para eles, e me aceitaram. Sou uma espécie de dama de companhia da mulher, que chamo de tia. Mas ela não precisa de dama de companhia, é até muito ativa. Quer que eu me case para me espantar dali.

— Foi bom não ter casado até agora.

— Por quê?

— Porque podemos nos casar.

A bonecona ficou alegre e jogou seu braço gordo em torno do meu pescoço.

— Não está com raiva de mim?

— Raiva? Por quê?

— Por causa dos gatos... Não quero mentir mais pra você. Eu não ficava do lado dele como uma tonta. Participava, entendeu? Às vezes, eu é que via o bicho e cutucava o braço do meu ex. Estava até querendo entrar numa auto-escola para ficar no volante. Tinha a impressão de que ele gostaria ainda mais de mim se eu aprendesse o jogo.

— Chega de falar nisso.

— É feio?

— Não se deve falar das coisas que dão prazer.

A bonecona está me olhando; não lhe pareço um homem capaz de matar gatos, mas só o fato de entendê-la já é alguma coisa. Acho graça; apesar do tamanho, toma a forma de uma gatinha querendo carinhos. Contorno uma pracinha cujo nome nunca posso gravar, sigo por uma rua escura e arborizada.

– Gatos! – exclamo, estourando de rir.

Piso o acelerador, olhando de soslaio a gorducha bonecona com a qual pretendo casar-me no mês que vem. Travo uma conversa sobre papéis que os cartórios de paz exigem. Como é barato amarrar-se definitivamente a uma mulher. É muito mais caro e encrencado tirar uma carteira de motorista.

Mariângela tem uma idéia!

– Que tal se fizéssemos a lua-de-mel viajando por toda a América do Sul... A própria Volkswagen poderia patrocinar.

– Tire isso da cachola!

– Mas a gente arrecadaria fundos para a construção de um hospital!

– Você quer dizer hospitais para gatos?...

A bonecona estourou numa gargalhada e me senta tamanha palmada nas costas que quase vomito o coração.

– Isso é humor negro, Henrique.

Ela continuou rindo, baixinho e prolongadamente, como uma risada em quarta marcha numa estrada de asfalto. Bolei aí outro apelido para minha coleção:

– Mariângela Mata-gatos.

– Não goze, benzinho.

– Agora é tarde, Biotônico, você já é Mariângela Mata-gatos.

– Não vá espalhar a história na pensão.

– Meus apelidos são para meu uso. Nunca chamei o Lobisomem de Lobisomem.

A gorducha me abraçou de novo, pesando os setenta quilos sobre meu esqueleto.

– O Lobisomem... É verdade mesmo que enterrou a noiva?

– Se não enterrou, ela está embalsamada no seu quarto.

Tudo é motivo para gozação com a Mariângela Matagatos. Rindo pra burro, passamos pela Brigadeiro e na Augusta quis que os últimos playboys me vissem, no Fusca, com a bonecona repousando no meu ombro.

Depois de muitas e muitas voltas a gente nem sabe onde está mais. E eu no duro não sabia ao ver o Carlito sair de um bar de esquina, bebum, e descer uma ladeira perigosa para ele. O Carlito é o Carlito mesmo, embora sem a cartola e a bengalinha, o chato que a gente vê na televisão. A moçona ainda pesa no meu ombro, me obrigando a dirigir com a esquerda.

– Você está me adormecendo o braço e vou precisar dele.

– Desculpe, meu noivo.

– Desculpada, Mata-gatos.

Mariângela abriu a janela do carro e respirou forte.

– Quase caio no sono, mas esse ventinho me acordou.

– Por isso que gosto de você, é resfriada a ar, como o Fusca.

Ela me dá um beijão.

– Gosto de gente engraçada.

– Lembra do Carlito?

– O da bengalinha?

– Acha graça nele, Mata-gatos?

– Para mim é lixo.

Chegamos a uma praça arborizada. Felizmente, nenhum carro estacionado. Procuro um ponto favorável para parar. Paro e acendo um cigarro, apenas um pouco nervoso. Na verdade, não fumo quando estou calmo.

– O que vamos fazer aqui?

– Esperar um gato.

– Quer que eu procure? – pergunta ela, erguendo o corpo, toda entesada.

Enfio o polegar entre suas nádegas: ela dá um pulo e bate com a cabeça na capota.

— Ai!

— Fique sentadinha.

— Não quer um gato? Manjo um de longe.

— Já sou grandinho, Biotônico.

— Está certo, menino bonzinho. Não é preciso. Se quiser posso até arranjar um pra morar conosco depois do casamento.

Brinco com seus cabelos pretinhos e leves.

— Cães e gatos são para velhos solteirões. O Lobisomem não tem cão porque ele é o próprio.

Ela me olhou terna:

— Quer filhos?

— Evidente, moça. Você com esse corpão deve poder fabricar uma porção deles. E quando crescerem vou dizer: "Meus filhos, lamento informar mas sua mãe é a famosa e procurada Mariângela Mata-gatos".

A bonecona começou a rir quando vi o Carlito chegando ao final da ladeira. Lanço um olhar pela praça e não vejo ninguém, a não ser um velho Ford que acaba de atravessá-la. O ex-comediante vem vindo caçando frangos, a arrastar os sapatões. Assim a tarefa é mais difícil e melhor. Ao passar diante do meu Fusca, uns vinte passos na frente, ligo os faróis. O jato assustou e irritou o mísero pedestre. Mariângela segurou o riso entre os lábios. O homem se vestia de trapos e pelo aspecto se apagaria no próximo inverno. Bronqueado, mais ainda se parecendo o Carlito, quis até dar panca de sóbrio, apressando os passinhos. Mas não saía do lugar, como nos pesadelos.

Jogo o braço pra trás e tateio a espingardinha, escondida junto ao assento. Num gesto rápido, coloco-a na posição correta, como ensina o manual. Cravo o olho na mira sem tomar conhecimento de Mariângela, que sentiu a importância do silêncio naquele momento. O primeiro balaço deve ter acertado no fígado, pois Carlito saltou como se atingido pelos chifres dum touro. Armei o brinquedo de novo, miro e agora mais estabanadamente faço o segundo disparo. Classe é classe. Não esperava atingir o artista na cuca, que ficou vermelha como uma rosa atirada com bronca. O corpo tocava no chão, como um boneco que se desarmasse, e eu já dava a partida, mas de marcha à ré, o que atirou Mariângela contra o banco. Ré, primeira, segunda, terceira e vôo. Os primeiros minutos pedem toda concentração. Pressa, mas não loucura. Bastante segurança e perícia, depois a calma. Nessa retirada que eu sou o quente. A prova é que até agora apenas uma pessoa disse que o Atirador usa carro, provavelmente Fusca.

A primeira reação de Mariângela é um "uff", com o carro já misturado com outros numa rua de Santa Cecília. Continuo a dirigir olhando pra frente, bem tranqüilo porque uma mulher ao lado tira toda a suspeita.

— Vou levar você pra casa — digo com medo de que ela não queira mais me ver.

— Será que alguém viu o carro?

— Acho que não, bonecona.

Subo a rampa do Pacaembu, certo de que a gorducha não está encagaçada. Paramos à porta do sobrado, todo às escuras. Volto a sentir a cabeça de Mariângela em meu ombro. A bonecona morre de sono. Boceja, assopra e depois aspira todo o ar da rua. Dá-me um beijão no rosto já com gosto de saudade. Seus olhões ficam pequeninos, ajaponesados pela vontade de dormir. Passo a mão nos seus cabelos, não serei mais um Lobisomem solitário como o cara da pensão.

— Amanhã telefono pra pensão — diz-me ela.

— Não me faça esperar, Mata-gatos.

A gorducha riu, desajeitada.

– Você deve ter me gozado, não?

– Puxa, se gozei, Mata-gatos. Minha Mariângela Mata-gatos...

A bonecona abriu a porta do Fusca e deu uma corrida até o portão. Mas não entra logo, não entrou ainda. Está acenando sua mão gorda até que meu carro desaparece.

O LOCUTOR DA MADRUGADA

O prefixo (o velho *Sentimental Jouney*) já estava no ar, precisava dum impulso. No sábado passado, recorrera ao uísque, mas só conseguira uma bela dor no fígado. Quem não tem cancha enrola a língua logo na segunda dose, amolece, e ela ia depender das palavras. Colocou-se diante do espelho, vendo-se inteira, à luz do abajur. Já sabia o que ia fazer. Foi desabotoando a blusa, cinco botões, cinco obstáculos, mas uma enxurrada de comerciais rompeu a corrente. Permaneceu imóvel, como manequim de vitrina, à espera de novo estímulo. Ouviu a voz dele, amável e máscula, cumprimentando os ouvintes. Seus dedos voltaram a movimentar-se em câmara-lenta. Deixou cair a blusa macia no carpete.

Nova imobilidade, mas não passiva, não covarde, apenas para retomar consciência, talvez para curtir a sensação. Contorceu o corpo à esquerda e puxou o zíper da saia, já com certa graça, mais leveza, os dedos mais soltos. Segurando a respiração, fez a saia deslizar sobre as ancas, como se a puxassem para baixo. Ergueu um pé, depois outro, e livrou-se dela. Então sorriu para o espelho, um sorriso calculado, muscular, retido. Não era aquilo ainda: tinha que abrir mais a boca, exibir a língua, os dentes, começar a mostrar-se por dentro. A segunda tentativa a satisfez. Num gesto contínuo, retirou o sutiã, como se o quarto fosse um palco e num arremesso largo jogou-o sobre o rádio. Teve a impressão de ouvir um disco de palmas. Mantendo o sorriso, já maduro e liberto, dando ritmo aos movimentos, foi descendo a calcinha, centímetro a centímetro, a exagerar provocantemente a resistência do elástico. Tira ou não tira? O senhor aí? Tira? Explorou a situação como se tivesse pudor. Era o suspense, o grande momento, que ela imaginava ser assim, pois o marido jamais a levara ver um *strip*. Com gesto estancado, agora só os lábios móveis, girou na direção e fixando o rádio, deu continuidade a seu pequeno *show*. A última peça, com o peso duma borboleta, voou pelo quarto, caindo sobre o peitoril da janela. Aí voltou-se ao espelho, sorrindo em desafio, e amadoristicamente começou a imitar as poses das revistas exclusivas para homens. À procura da perfeição, soltou os cabelos, o que a tornava mais jovem. Olhou casualmente à sapateira e recebeu imediata sugestão. Escolheu os sapatos de tacos mais altos, um par vermelho que jamais usara, condenados pelo marido. Calçou-os sentindo o prazer da coisa nova. Agora, sim, estava vestida para o passeio.

Era mais emocionante do que o *strip*. Sensações de montanha-russa com reflexos no estômago. Sua sensualidade não cabia no quarto. Tinha que se movimentar pelo espaçoso apartamento às escuras. Chegou ao *living* e por um instante sentou-se ao divã para acostumar a vista. Voltou a andar, gozando a libertação, dando a cada passo ação própria e impetuosa. Ensaiava a difícil arte de andar, pisar no chão com segurança e balanço. Entrou no quarto do filho. O capacete, a raqueta, o retrato da namorada. Mostrou-lhe a língua. Nua e compacta, passou pela cozinha e pelo quarto da empregada, que folgava. Queria andar, partir, afrontar. Parou, no entanto, diante da área de serviço, descoberta, sobre a ruazinha lateral. Alguém fumava à janela no edifício fronteiro. A lâmpada de mercúrio do poste a tornaria visível a ele e a qualquer um que surgisse num dos andares mais elevados. Ficou espiando, o rosto colado na coluna, os olhos do homem à janela. Nada a deteria. Num momento que ele fitou a esquina, apenas uma fração de segundos, atravessou a área, sentindo em todo o corpo o frio da rua, iluminado como *outdoor* pela luz do poste. O homem continuava à janela, fumando. Se se curvasse à altura da mureta, poderia retornar sem risco. Mas quase rastejando sua nudez seria inútil. Logo que o homem da janela deu oportunidade, cruzou a área, porém andando quase normalmente. Percebeu que inventara um jogo interessante. Podia ir mais fundo e aperfeiçoar emoções. A idéia era fazer a travessia sem constatar se o fumante continuava à janela. Reteve a respiração, convenceu o coração a controlar-se e partiu. Uma sensação tão completa e concreta, impregnada pelos elétrons noturnos e fervilhantes, merecia ser repetida. Foi o que fez algumas vezes, muitas vezes, não soube quantas vezes. Em alguns turnos, chegou a sentir no seio e nas nádegas o toque de olhar masculino.

Ainda não esgotara a experiência. Podia ir além. Na travessia que determinou ser a última, imaginou uma chave-de-ouro. No meio do caminho, num lance aparentemente sem premeditação, voltou-se para a janela com as pernas um tanto abertas e os seios empinados mostrando-se toda e fixa ao espectador da janela. Decepção, estava fechada.

Retornou ao quarto com ódio. Se o vizinho cerrara a janela, decerto não a vira passar uma só vez. Desperdiçara toda aquela emoção, jogara-a ao vento. Ouviu a voz redonda do locutor lendo ou improvisando uma crônica sobre bares vazios, mulheres rejeitadas e notívagos desesperados, os mesmos temas. Aproximou-se do telefone, mas o que viu, transparente, foi a calcinha no peitoril da janela. Um homem, na rua, saía dum carro para entrar no bar. Sem refletir nem ensaiar, jogou-a sobre ele. Apesar da leveza do dardo, acertou no alvo móvel. Cautelosamente, de cima viu o homem abaixar-se para ver o que o atingira com tanta suavidade. Recuando, embora ainda fitando a rua, viu o homem junto ao carro, apertando uma bola de náilon na mão, a olhar curiosamente para as janelas. O jogo podia continuar. Foi buscar o sutiã sobre o criado-mudo, onde caíra. Seu alvo, com a calcinha na mão, ia entrar no carro. Deu um ligeiro nó no sutiã e atirou-o. Quando ele curvou-se para descobrir o que o atingira desta vez, ela pôs a cabeça toda para fora da janela. Era alto, meio calvo e vestia um terno azul.

Largou-se na cama, a cabeça perto do rádio. A voz do locutor parecia mais coloquial, em circuito fechado. A mesma cena de quase todas as noites com uma diferença: a censura destravada, o sistema eletrossexual mais treinado e testado, sentiu que podia telefonar. Tirou o fone do gancho e discou os sete números. Ao ouvir o primeiro chamado, receou acovardar-se outra vez. Mas, nua, sabia onde buscar sua força. Desceu a mão, fazendo os dedos escorregarem pelo seio como alpinista. Com o impulso, prosseguiram a viagem pelo ventre. Enquanto ouvia os chamados, movimentava os dedos, forçava-os contra a carne, escondia-os em sua espessa penugem. Não era com a garganta, mas com o sexo, que dialogaria com o locutor da madrugada. Que lhe diria tudo que acumulara naquelas mil noites. Depois, inventaria um nome qualquer e desligaria. Ele não estava ao microfone, porém ninguém atendia. Quando se aproximou do gozo, temeu desperdiçar outras emoções. Interrompeu os movimentos e repôs o fone.

Derrotada, girou o botão do rádio e apagou o abajur. Nem som nem luz. Apenas o tique-taque do relógio e os ponteiros luminosos. Acompanhou a quase imperceptível marcha deles por cinco minutos. Parecia dormir, mas subitamente levantou-se, acendeu a luz geral e começou a vestir-se.

O elevador deixou-a na garagem deserta e sem ecos. Todos viajavam nos fins de semana. Nem o zelador para abrir-lhe a porta do carro. Acionou o motor do carro e subiu a rampa. Viu o homem alto de terno azul. Incrível, mas ainda permanecia ali, andando pela calçada a olhar aflitamente para cima. Antes de arrancar, olhou-o como se quisesse identificar-se. Ele correspondeu, surpreso, mas a bola de náilon pesou-lhe nas mãos e preferiu fixar-se nas janelas.

Pisou no acelerador, ganhando a rua, porém ao fazer a primeira curva seu sistema nervoso entrou em curto. Temeu não ir além dum mero passeio. Resolveu, antes, voltear o quarteirão. Por quê? Talvez para rever o homem que apanhara as peças de seu *strip*. Foi retornando ao ponto de partida em marcha lenta com um desejo menos vago. Faria o que seus sentidos mandassem. Viu a frente de seu edifício coberta pela neblina.

O homem já não estava ali, o homem já tinha ido.

Desorientada, no caos, pensou em retornar à garagem. Parou o carro, inclinada a desistir de tudo. Ligou o rádio para fumar um cigarro. A voz do locutor soou dentro daquele conforto macio. Falava da solidão, inclusive de sua solidão de profissional retido numa cabina. Ficou a ouvi-lo. De repente percebeu que o carro era arrastado por uma atração magnética. Deslizava pelo asfalto, sem ruído, aumentava de velocidade, desobedecia um sinal, começava a correr, a correr. O que prentendia? Que algum guarda de trânsito lhe tirasse a carteira de motorista, obrigando-a a voltar? Nunca dirigira com aquele fogo como se perseguisse ou estivesse sendo perseguida. À frente, o asfalto molhado, dos lados, vertiginosamente, as portas de ferro ondulado das casas comerciais. Ruas, travessas, ladeiras do antigo centro da cidade, com seus edifícios anteriores ao advento do cimento-armado, pesadões e escuros, onde os raros transeuntes àquelas horas também pareciam velhos, como as ruas e os prédios, e moviam-se num ritmo arrastado de décadas passadas.

Ao brecar seu carro moderno diante do casarão cinzento de alguns andares, que era a emissora, sentiu-se exausta e olhou a rua como se fosse uma terra estranha. Não imaginava como conseguira dirigir até lá sem perder-se ou fazer perguntas. Apenas algum tempo depois virou o rosto à direita e viu a porta, uma simples porta de madeira entalhada com uma folha aberta para quem quisesse entrar. Havia uma indecisa luz amarelada no *hall* e outra um pouco mais viva no fundo, a do elevador, que era gradeado, desses que miraculosamente ainda funcionam em velhos hotéis nas proximidades das estações ferroviárias. Sentado, a ouvir a voz aveludada do locutor, via a porta aberta como um convite ou desafio. Não soube quanto tempo permaneceu ali.

Ao transpor a porta, ainda não tinha certeza. Seguiu até o elevador, a ouvir os tacos de seus sapatos soarem nos ladrilhos do *hall*, e foi parar ante as grades a observar suas enegrecidas paredes almofadadas. Se alguém o chamasse, e ele subisse, abandonaria o edifício. Qualquer movimento ou passos seria o ponto final da aventura. Quando leu "É proibido fumar", já estava dentro dele, apertando o botão do quarto e último andar. Nenhuma ascensão anterior foi mais demorada. Fechou os olhos a ouvir o ranger daquela velha carroça aérea, que balançava e batia nas laterais do fosso.

158

Ao abrir os olhos, leu o nome da emissora, em letras apagadas, numa porta de vidro, com dobradiças, como mera entrada de consultório de dentista. Saiu do elevador e empurrou a frágil porta que se abria para um corredor estreito e com pouca luz. Imaginou que, mesmo na madrugada, houvesse gente circulando, mas não viu ninguém. Nem a telefonista estava no PBX, adornado com uma xícara plástica de café que servira de cinzeiro. Foi seguindo a ouvir uma música da velha guarda. Algumas portas entreabertas. Viu um piano com suas teclas amareladas, um pia da mesma decrépita tonalidade com uma torneira que pingava e uma sala com casulos para discos. O cheiro cáustico, de urina, que exalava de uma das portas, impeliu-a a prosseguir.

Ouviu então a voz. Reconheceu-a instantaneamente. Agora não podia recuar. Lá estava o luminoso: NO AR. Viu uma parede vidrada, como um aquário, onde um técnico de som, em mangas de camisa, olhava atento dois enormes pratos que giravam. A presença de um homem, que não era o locutor, acordou-a. Toda a covardia voltou duma só vez. Permaneceu parada, junto à parede, à espera da música para desaparecer. Nesse instante, o homem do som ergueu a cabeça e viu-a. Em seguida, fez um sinal maroto à cabina, enquanto colocava um disco no prato. Ela ia voltar-se à toda pressa, quando a porta da cabina se abriu.

O locutor olhou-a com surpresa e interesse e caminhou para ela como se reencontrasse uma velha amiga. Percebeu apenas que era um cinqüentão de tez escura e quase toda a cabeleira branca. Não vestia paletó, mas conservava a gravata desajustada no colarinho desabotoado. A voz era uma, o corpo era outro. Segurando-lhe a mão, levou-a à cabina onde o espaço era preenchido pela pequena mesa de locução e duas cadeiras. Janela, só uma, na técnica. Ao sentar-se, o técnico, malicioso, mas disfarçando seu embaraço, afugentava uma mariposa com um trapo de camurça. O locutor, extasiado com a visita, expressava com dentes escuros sua satisfação. Disse que raramente alguém comparecia ao programa para conhecê-lo. Não era assim, noutros tempos, quando trabalhava no horário nobre.

A um toque de campainha da técnica, o locutor apanhou sobre a mesa um maço de fichas verdes. Não improvisava, como descobria agora. E as pausas, cheias de intenções que comumente fazia, eram abertas pela má iluminação ou provável miopia. Evidentemente não era o autor das românticas e sensuais legendas da madrugada. No intervalo musical seguinte, o técnico, mais para vê-la de perto, entrou na diminuta cabina com duas xícaras de café duma garrafa térmica. Experimentou, estava frio e amargo. O locutor, aproveitando o descanso, procurava ganhar intimidade, mas sem as fichas pouco tinha a dizer e sua própria voz soava diferente. O microfone dava-lhe mais timbre e masculinidade.

Antes de ler nova batelada de fichas, o locutor saiu da cabina e foi à técnica conversar com o homem do som. Disse-lhe algumas palavras, perto do ouvido, apontando a um dos pratos, e a um gesto de assentimento voltou depressa, acendendo inquietamente um cigarro. Desta vez leu sem capricho, aos tropeços, desatento, esquecendo de arredondar as palavras. Aquela ansiedade, que lhe afetava a respiração, tornava-o mais velho e gasto. Ela tinha a seu lado alguém ainda mais tenso e desarvorado.

Assim que ele concluiu a leitura, o técnico soltou um *long-play* do Trio Los Panchos e evaporou-se. O locutor, tomando-a pelo braço, delicado, mas com firmeza, levou-a à técnica. Supondo que ia mostrar-lhe como tudo funcionava deixou-se conduzir. Ao encostar a porta, balbu-

160

ciou que haveria uma seqüência de três números musicais e firmou as mãos em sua cintura. Haveria tempo, mas tinha que se apressar. Ela não entendeu e correspondeu parcialmente quando lhe deu um vacilante beijo na boca. Contou-lhe que era casada, tinha um filho, e que só fora até lá para conhecê-lo, sem outra intenção. O locutor começou a suplicar, com uma voz débil que não era aquela que conhecia, mas suas mãos ganharam força de jovem e conseguiram dobrá-la sobre a mesa de som. No mesmo instante deitou de frente, cobrindo-a com seu corpo.

A posição, o som altíssimo do bolero e o calor de brasa do momento atordoaram-na. Uma mariposa girando em torno da lâmpada deu-lhe a impressão fugidia de estar num trem em acelerada velocidade. Agitava os braços e as pernas como alguém que se afogasse numa piscina rasa. Gritar não podia, pois por mais que evitasse, ele a beijava com insistência e desespero, introduzindo a língua em sua boca. Mesmo se pudesse, não haveria ninguém para socorrê-la. Algo tombou sobre seus cabelos, era a garrafa térmica, mal arrolhada, que derramava café sobre a mesa de aço e umedecia-lhe as pontas dos cabelos. Virou a cabeça à direita, fugindo da ávida boca do locutor e viu o *long-play* girando sobre o prato e sobre ele, ondulando e caminhando, a agulha do *pick-up*.

As mãos dele ergueram-lhe o vestido e ela viu o homem alto, de terno azul, a apertar nas mãos a bola de náilon e a olhar as janelas do edifício. Seria o momento de escapar, mas continuou com os olhos na agulha, que mostrava a passagem do tempo como a areia duma ampulheta. Sobre ela, o locutor, já livre do empecilho, pedia-lhe que facilitasse tudo, dando a convicção de que sua voz era também propriedade dos sulcos do disco.

A mariposa ainda sateliteava ao redor da lâmpada, talvez a mesma que o técnico tentara espantar ou matar com o pano. Pela primeira vez, baixou o olhar e viu o rosto do locutor a um palmo do seu, os olhos empapuçados, os lábios esticados, a pele metralhada, coberta de pequenos orifícios, e imobilizado como um boneco, numa sofrida espera que não obedecia aos movimentos compulsivos do corpo.

Voltou a agitar-se e nessa ação derrubou a garrafa térmica, ficando em seu lugar, sobre a mesa, uma mancha irregular de café. O som do Trio Los Panchos, algo sobre *Cristo del Rio*, de uma alegria superficial, parecia crescer, sufocar como fumaça. O locutor também virou o rosto para a agulha com receio de que ela, já no final do trajeto, derrapasse no último sulco. Olhando ambos na mesma direção, as faces coladas, foram envolvidos por igual expectativa, enquanto ela, num esforço maior, procurava enxergar a parede de vidro da técnica, por onde o homem do som podia estar espiando. Sentiu-se, então, toda nua e com frio, atravessando a área de serviço, observada por alguém da janela, do outro lado da rua.

O locutor tornou a balbuciar coisas, palavras molhadas, enfiando a cabeça em seus cabelos, forçando-a a virar o rosto para a janela, quando viu à distância, perdida na noite esbranquiçada, a única luz dum edifício mais alto. Quem sabe, uma mulher solitária que ouvisse o Trio Los Panchos. Foi a imagem que mais a fez vibrar, que mais a acionou, e, com os olhos na luz que às vezes a neblina escondia, apertou aquele corpo com uma energia que seus braços desconheciam, e impôs o seu ritmo abrindo e erguendo as pernas no ar.

Num recuo brusco, quando o famoso trio preparava os agudos finais, o locutor desligou-se do corpo dela, dizendo que chegava e pedindo-a que o deixasse, a abotoar-se com uma pressa ridícula, preocupado em voltar à cabina e apanhar as fichas verdes. Mal ele abandonou a técnica, ouvindo o resvalo da agulha, ela o viu pelo vidro entrar na cabina, pigarreando para limpar a voz. Não suportou ficar mais um instante lá. Sem olhar para mais nada, abriu a porta e precipitou-se pelo corredor, chutando a térmica em sua fuga. O homem do som vinha vindo num embalo e foi quase derrubado, tendo que se amparar com as mãos espalmadas na parede. Não lhe pediu desculpas nem parou. Correu até o elevador e pôs-se a apertar freneticamente o botão de chamada. Não teve paciência. Desceu pela escada os quatro andares num só fôlego.

Em pijama muito bem passado, fumando, o marido estava placidamente estirado na cama. Algo saíra errado, algum desastre sentimental o obrigara a voltar antes das duas num sábado. Perguntou-lhe com formal interesse onde fora. Reunindo palavras a esmo disse que saíra com uma amiga. Mas não deu para encará-lo. Foi meter-se sob o chuveiro. Embora demorasse o suficiente para muitos banhos, voltou deprimida com a intenção rascunhada de contar-lhe tudo.

O marido já apagara a luz geral, só com o abajur aceso, e ainda fumando, inconformado com alguma coisa. Num breve lance ela entrou sob o cobertor e virou a cabeça para o criado-mudo. Não viu o rádio. O rádio não estava lá. Olhou ao redor, procurando-o, quando ouviu bem clara e sonora a inconfundível voz do locutor da madrugada. Estremeceu, ia gritar, abriu a boca. Ia gritar.

– Não se incomoda se ouço um pouco o rádio, querida? Estou sem um pingo de sono.

MUSTANG COR-DE-SANGUE

Mesmo que eu, esse cara que vocês estão vendo, viva até enjoar, mil anos, podre de rico, ou como estou me virando agora, na base da mordida, cercado de Pats Alvarados ou na fossa total, matando cachorro a grito, até o fim, qualquer fim, não se apagará de minha cabeça aquele maldito Mustang cor-de-sangue. O meu tempo parou lá, brecou nas rodas do carrão, rangendo na terra fofa.

Ao sairmos, às duas da madrugada, favorecidos pela neblina paulistana, eu e Pat vimos o carango pela última vez, sob as árvores esmaecidas e gotejantes do parque de Liliput. Mas não avaliava na pressa que tudo perdia; eram apenas impressões e pavor que eu telegrafava a Pat, apertando-lhe a mão suave a curtos intervalos. Acreditava que o fato, digamos assim, por enquanto, o fato, com toda a sua carga elétrica, servisse para nos soldar, mão com mão e tudo mais, na defesa do mesmo segredo. Estava bêbado, gamado e com um tremendo grilo na cuca.

Uma vez começado, vamos em frente, recuando a uma época cheia de pessoas folgadas, sorridentes, que registravam ao me reconhecer: "Lá vai o afortunado secretário do anão Jujuba". Não era nenhum elogio, mas a ironia perversa dos que viam em mim um reles explorador do nanico. Nada mais injusto. Está aqui, amigos, o verdadeiro

165

explorado, o pobre moço com ambições literárias que o Jujuba espremia, vivendo do meu talento, das minhas idéias. Desculpem-me se destruo um mito. Aliás, eu já fazia isso, pichava-o sempre, divulgando suas farras e comentando com todos o grande unha-de-fome que ele era. Besteira, nem chegava a arranhar-lhe a glória, obstado pelos costumeiros defensores dos poderosos, que rebatiam assim: "Eh, escriba, quem era você antes do Jujuba? Quanto faturava traduzindo livrecos policiais? Hoje você é alguém, ingrato. Veste-se na moda, toma JB, mora no Castelinho e dirige o Mustang".

A bem da verdade, dirigi uma só vez, mas era onde pretendia chegar. Se me deitar agora, com os olhos cerrados, no divã de um psicanalista, e ele me perguntar o que vejo, responderei prontamente: "Um Mustang, doutor. Um vistoso carro esporte, com uma colorida decalcomania no pára-brisa; é a cara engraçada do famoso anão Jujuba de quem seus filhos certamente recordam saudosos".

Aquele sábado, de um calor ardido, o Jujuba surgiu à minha frente, no Castelinho, vestindo um dos seus muitos trajes extravagantes e fumando cigarrilhas. O sol matinal, jorrando, dava-lhe o brilho e fixidez de um *display*, um ser feito de cartolina plastificada, de imediata sedução, para o público infanto-juvenil.

– Vamos dar um giro, escriba.

O astro naturalmente tinha motorista, o Yoshi, mas um nipônico não satisfaz como testemunha ocular. Queria alguém menos impessoal, menos terceira pessoa, com a fraqueza ocidental da inveja e olhos bem redondos pra ver. Eu era a pessoa indicada: além de redator de seu infame programa de TV, estava encarregado da promoção do herói.

– Ia telefonar para consertarem a escada da piscina – parece que eu disse. – Ela está quebrada, patrãozinho.

Jujuba encaminhou-se para a garagem acompanhado

por Marco e Pólo, seus galgos, e contemplou com revoltante vaidade os cinco automóveis, entre eles a nova aquisição.

– Hoje vamos de Mustang cor-de-sangue – esclareceu com sua vozinha de disco experimental de acetato. – E com o corpinho empinado, passos ligeiros, como se andasse nas pontas dos pés, abriu a porta do carango e fez sinal para que me sentasse à direção.

O cheiro cru do "zero-quilômetro" me alertou para o cuidado que ele merecia. Motorista sem cancha, eu me sentia mais à vontade pilotando o velho Itamarati, já muito trombado.

– Onde vamos, chefinho?

– Buscar Patrícia.

– Que Patrícia? – encenei, com cara-de-pau.

– Só conheço uma, escriba.

Agora voltemos por bossa à pergunta não respondida. "Eh, escriba, quem era você antes do Jujuba?" Se por acaso compartilham dessa acusação, observem que não me embaraço. Quem era eu? O *one-man show* de uma quitinete. Não é muito difícil explicar, tetrarcas. Como centenas de habitantes de uma grande colméia, e devido à escassa alimentação ou ao excesso de álcool, sofria do que chamava "pressão arquitetônica". Meu espaço era de quatro por quatro, milhões de vezes percorrido por um moço que segurava um copo de gim. Como *one-man show* oferecia espetáculos, inclusive de *strip-tease*, com a janela aberta para atrair as fêmeas dos apartamentos fronteiros. Se alguma prostituta da Boca me visitasse, então fazia um número de hipnose na esperança romântica de não pagar o michê. Fui equilibrista, embriagado, no peitoril da janela com sessão ao ar livre, e até saí nos jornais com bastante destaque. A quitinete era meu palco e cárcere. Para viver, traduzia os romances policiais de Max Pylon, *Série Ver-*

melba, autor de muito trânsito nos trens suburbanos de Nova York. Comecei com o *Clube dos gatos pretos* e após vinte e cinco traduções concluí a lista vertendo para o nosso idioma *Morte na piscina*, a história de um garoto herdeiro de milhões, que se afoga em sua piscina domiciliar parcialmente esvaziada por mãos criminosas. Assim vivia, alimentando-me com sanduíches de mortadela e preocupado com problemas culturais, quando tocaram a campainha de meu cubículo e rente ao chão descobri o Jujuba, ex-morador do edifício, antes de saltar com incrível precisão do picadeiro de um circo para o vídeo. Como andasse à procura de um redator para seu programa, comprou-me roupas na Augusta e instalou-me no Castelinho, sua mansão, pois comumente acordava de madrugada com suas cretinas idéias na cabeça.

– Cuidado com o ônibus, imbecil!

Por um triz não arrebento o precioso carango. Algo fervia dentro de mim, espécie de medo e profecia, ou era o animal enjaulado na quitinete que urrava.

– Vá parando naquele prédio.

Encostei o carango rezando para que Patrícia dos meus amores desse o bolo no chefinho. Não me parecia justo, entre outras coisas, que um homem de noventa e cinco centímetros (cálculo bastante preciso que eu fizera na véspera) tivesse direito a tantos prazeres.

– Espere um pouco, escriba. Vou ver se Pat está pronta.

O reduzido saiu do carrão com seus ares importantes. Na intimidade não era o anãozinho da Branca de Neve que as crianças e mamãe adoravam. O sorriso do rótulo dos Biscoitos Mirim mentia. Queria que os pais da garotada vissem o ídolo de seus filhos, intoxicado, a filmar com requintes técnicos, meia dúzia de putinhas nadando nuas em sua piscina. Nada exemplar, não? No entanto, Jujuba já fora convidado a visitar o palácio do governo e tinha pilhas de fotos tiradas ao lado de padres, freiras e até do arcebispo.

– Patrícia... – murmurei.

Lá estava minha tara, minha gama, trazida pela mãozinha do anão, como uma égua de Grande Prêmio, desempenada, solta, toda verde em seu ostensivo *cânter.*

– Esté é um dos meus auxiliares – disse o monstro sagrado abrindo a porta do carrão para a entrada triunfal da ninfa. – Um rapaz de futuro que venho ajudando.

O Mustang tomara um banho de perfume. A cheirosa vedete, verde como a clorofila, anúncio de dentifrício, era uma tonelada de rosas matinais que o carango transportava. Ela falou e, quando falava, aquele cheiro verde soprava em ondas sobre minha cabeça, como se tivessem instalado no banco traseiro um enorme ventilador. Numa curva inábil descobri a utilidade do espelho, cheio de reflexos solares, e fixei os olhos nela vendo a cabeleira de Pat Alvarado teimosamente percorrida pelo vento.

– Por que recusou os convites anteriores? – perguntou o micrômegas, fazendo charminho.

– Por causa de sua fama, Jujuba. Todos dizem que você é um lobo.

O monstro sagrado pegou-lhe a mão e beijou.

– Sou uma pessoa como outra qualquer. Acha que as crianças (disse os petizes) gostariam de um lobo?

"Ainda tem lugar na primeira fila?" O bilheteiro sempre se ria porque era a fila do gargarejo, a dos tarados e míopes. Na minha carteira, o dinheiro da editora – um pouco do sangue de Max Pylon – que me proporcionava duas horas da mais completa excitação sexual. Quando as cortinas se abriam, *Mr.* Hide começava a aplaudir com suas mãos peludas, mãos de macaco, enquanto seus cabelos cresciam a ponto de prejudicar a visão dos que se sentavam nas filas B, C e D. Meus lábios ficavam úmidos e minha língua não tinha parada. Os espectadores, à minha direita e esquerda, olhavam-me receosos de que eu saltasse no palco para devorar a querida estrelinha com os paetês e tudo. Com um espelhinho de bolso, às vezes examinava a monstruosa fisionomia: olhos inflamados, narinas dilatadas, queixo pontiagudo e a barba crescendo. As pilhérias grosseiras do palco, os porcos trocadilhos, as baboseiras todas não me faziam rir. O que me interessava era ver a minha vedete-mor, anunciada pelos acordes duma orquestra mambembe. Lá estava quase nua sob um *spotlight*, com muita carne, muita curva, um arzinho de dona do mundo, remexendo-se, passeando na boca do palco, quase ao alcance das mãos peludas de *Mr.* Hide ou virando-se para uma série de luxuriantes requebros.

Eu já vira muitas vedetes fazerem tudo aquilo, mas eram na maioria coroas, cheias de celulite, molengas, cansadas, artificiais, desgraciosas, já com o saco cheio de tanto rebolado. Patrícia era novinha, acho que uns vinte anos, toda durinha, inteiriça, com as carnes no lugar, sem marcas ou manchas no corpo, tremendamente narcisista, interessada em apagar as coleguinhas, em constante movimento, inclusive com a boca, abrindo-a e fechando-a, mostrando dentes lustrosos, com aquela alegria juvenil, cheia de braços e de pernas, nas posições mais inesperadas, e ao mesmo tempo cantando e dizendo asneiras, pondo em curso uma voz rouquinha, acariocada, praiana, desinibida e livre. No final da sessão, *Mr.* Hide, ainda peludão, plantava-se à saída dos artistas, com a mão no bolso, à espera de que a senhorita Alvarado aparecesse. Nunca saía sozinha, geralmente em grupo ou acompanhada por algum tipo endinheirado que lhe pagaria seu justo valor.

– Algum dia vou vê-la trabalhar – prometeu o anão.

– Não vá – pediu-lhe a vedete-clorofila. – Aquilo é uma merda, desculpe. Estou farta do rebolado. Acho que posso fazer coisa melhor. Há tanta mixuruca no cinema e na televisão! Gente que nem sabe abrir a boca!

O pequerrucho concordava e entrava em ação com as mãos. Ouvia o ruído dos seus dedinhos amarfanhando o vestido de Pat. Aquilo era horrível, doía, os tímpanos estouravam, os olhos estufavam e enxergavam menos, dificultando a tarefa de pilotar o Mustang. Creio que vocês já entenderam por que odeio tanto esse carro, sempre viajando de volta no tempo, numa ré de pesadelo, repetindo todas as ruas, avenidas e praças daquele maldito dia.

– Vamos comer alguma coisa, boneca. Aquele restaurante é muito bacana.

Mal púnhamos os pés fora do carro, Jujuba já era reconhecido e vinha a cansativa sessão dos autógrafos. Crianças que surgiam não sei de onde. Apareciam às dezenas, suplicantes, querendo tocar o charmoso anão com suas mãos lambuzadas e beijá-lo, acariciá-lo, com um fanatismo que me irritava. Um tanto afastado, eu fixava-me nos olhos azuis da deusa, ela também envolvida pelo espetáculo e orgulhosa de sua famosa companhia. Isso aconteceu inúmeras vezes naquele dia, injetando autoconfiança no reduzido, que mesmo distante das câmaras precisava do apoio de seus fãs. Autografando cadernos, blusinhas, blocos, livros de nota e até a própria pele das crianças, recebendo sorrisos e cumprimentos das mamães e dos papais, ele ia habilmente se afastando de todos para ficar a sós com a Alvarado e seu atencioso secretário.

– Os diabinhos não me dão sossego, Pat – desculpava-se o monstro sagrado. – Por isso nem adianta tirar férias. Uma vez me reconheceram numa estância de repouso. Precisava ver o que fizeram: quase puseram o hotel abaixo. – E voltando-se a mim com falso sentimento de inveja: – Como gostaria de ser anônimo igual a você, escriba!

Por favor, não imaginem que pretendo jogar toda a

antipatia de vocês contra o Jujuba e passar como bonzinho. Não é isso, juro. O ídolo de seus filhos, o amiguinho do arcebispo, o decorativo cicerone da Disneylândia, o nanico que cobrava oitenta mil cruzeiros para fazer um comercial filmado era o maior filho da puta que jamais conheci. É verdade que me salvou da "pressão arquitetônica", que me comprou roupas e me transferiu para o Castelinho, com uísque, farras e vida mansa. Mas não me dava isso de graça: sabia que eu tinha cabeça e que podia aumentar a audiência do seu programa. Depois que me empregou, tomem nota, seu *tapes* passaram a circular em doze estados, faturando horrores, e graças a mim ele se animou a cantar e gravar discos com aquele tostãozinho de voz.

— Vamos, boneca, o que você quer comer? Peça o que quiser. Todas as pessoas que andam comigo engordam. Está aí o escriba de prova. Diga a ela quantos quilos engordou neste ano.

A princípio o cara sempre passava como generoso. Quando queria pegar uma mulher ou explorar um homem, dava uma de Papai Noel, como se o dinheiro para ele não valesse nada. Outra mentira! Era o maior sovina da televisão, não ajudava ninguém, nem mesmo as crianças pobres que o procuravam. Só abria a diminuta mãozinha para esnobar. Roupas mil, carangos estrangeiros, o Castelinho, que lhe custara dois bi, fora os móveis, os quadros e os badulaques todos.

— O que me diz, boneca, duma visita aos estúdios da Ipiranga? — sugeriu o nanico para dar mais uma demonstração de força.

Foi na Ipiranga, ante o fundo infinito dum cenário marciano, onde se desenrolavam as aventuras do Jujuba, que tive minha primeira oportunidade com Pat. Cheguei-me bem perto dela para comprovar que o motorista do Mustang não era invisível, e já com muitos goles no caco, meio balão, fiz minha jogada:

172

– Escute aqui, Pat. Você podia ganhar muito dinheiro com o Jujuba. Basta ter um papel fixo no programa. Disso posso cuidar, pois sou eu que o escrevo. Mas precisa ser viva, boneca. Exija contrato de seis meses. Cinco mil, durante seis meses. Queira a coisa assinada, garantida. Não vá na conversa desse anão. Ele costuma prometer e não cumprir. Já vi o Jujuba engabelar muita moça como você. Peça o contrato.

Pat, a ambiciosa, sentiu que tinha um aliado; ficou mais verde, mais clorofila e inclinou o caule sobre o *mignon*. Fomos, ainda, tomar uns tragos no Pandoro até que anoitecesse. Piscando para mim, deu a entender que ia contraatacar.

– Oh, Jujuba, como gostaria de trabalhar com você! Me cave um papel fixo e amanhã mesmo abandono o rebolado. Aquilo não dá mais, você sabe.

O reduzido encaixou a bola.

– Quer mesmo trabalhar comigo?

– Ainda pergunta?

– Então vamos à minha casa tratar do assunto.

No fotograma seguinte, nós três já estávamos no Mustang, ele bolinando a vedete, que protestava baixinho, *pro forma*. Para uma mulher entrar no Castelinho de rapadura do Jujuba era fogo. A própria Belinha, sua *partner,* de 12 ou 13 anos, levara chumbo por trás. Foi na Semana da Criança. O monstro sagrado, sempre atento ao calendário promocional, oferecera uma festinha aos filhos dos colaboradores. Belinha parecia um bolo coberto de *chantily*, acompanhada pelo papai, um modesto telegrafista, proprietário feliz de uma casa comprada graças aos encantos e fotogenia da filha. Jujuba bebera demais, e à certa altura, boiando pelo *living* em sua roupa espacial, gozando as delícias da imponderabilidade, aconselhou-me: "Nunca misture rum com pervitim, escriba". Vi que estava nos seus

173

dias de euforia e risco, na onda do vale-tudo. Empurrou todos os convidados para fora. Distribuindo presentes, menos dois: Belinha e o papai. Em seguida, atraiu a menina para a biblioteca a pretexto de mostrar-lhe seu papel que teria muitos "bifes" aquela semana. Eu, que não sou moralista, embora muito cauteloso, entendi as intenções do perverso, e entre ponches e sorrisos, fui conduzindo o orgulhoso papai até as bordas da piscina. Lá improvisei interessante discurso sobre os benefícios da água clorada com o braço ao redor do ombro do atento convidado. Hoje vejo a baixeza de tudo aquilo e receio mesmo que algum autor estrangeiro, lendo esse trecho, possa chocar-se demais com a vergonhosa situação que muitas vezes é imposta aos intelectuais da América Latina. Enquanto eu falava, falava, na biblioteca o nanico, navegando no espaço, à falta de gravidade e caráter, agarrava a avezinha descuidada, tombava-a de bruços no divã, sussurrando que não ia doer e mostrando a mão em concha cheia de cuspe.

Somente pude concluir a conferência cloral ao ver o anão e sua protegida reaparecerem no *living*, ela com um *script* ante o rosto para esconder o rubor. Depois que o papai e a filhinha saíram, no término das festividades da Semana da Criança, o anão tomou mais um e naufragou. Tive que levá-lo para a cama, nos braços, vestir-lhe o pijaminha, e já ia me retirar, pé ante pé, quando ouvi a voz de acetato. Queria que apanhasse na estante os *Contos da Carochinha*. Lembro que me sentei numa poltrona baixa, ao lado de sua cama, e com bossa e voz de vovozinha li para ele "O Pequeno Polegar" e "Joãozinho e Maria", historietas de indestrutível sabor e fundo moral. Antes do fim, ouvi um ronco suave, o de um pião sobre a cauda de um piano, e lá estava, todo apagado, de boca aberta, o amiguinho de seus filhos.

– Moro nessa casa, Pat. Gosta dela? – perguntou o

reduzido apontando seu castelo encantado entre muros e árvores.

– Por que uma casa tão grande, Ju?

– Quando meu cartaz mixar, farei dela a maior putaria do país. Idéias aí do escriba.

Desci para abrir os portões porque sábado, dia de farras, Jujuba dava folga ao mordomo e à cozinheira. Voltei ao Mustang e o estacionei lá, sob as árvores, onde o veria pela última vez. O anão seguiu na frente, empinadinho, disposto a enfrentar os penetras que por acaso estivessem no Castelinho: eles costumavam invadi-lo, pulando o muro, quando não havia ninguém. Eram uns vândalos, além de chatos. Aproveitei a oportunidade e segurei o braço da clorofila. Perto dela, com o rosto a centímetros do seu, senti o perfume de Pat e o impacto dos seus olhos. Tentei mostrar-me indiferente a qualquer atração física, o amigo assexuado que caía do céu para auxiliá-la naquele momento decisivo.

– Lembre do que disse. Não vá no papo dele. Mostre que é sabida. Nada sem contrato assinado. E não tome muito uísque nem bolinha, se não quer entrar pelo cano.

Pat sorriu, altiva, muito segura de si, com aquela cara de puta de ribalta que eu adorava. Entramos no *living*, todo iluminado, embasbacando a donzela pelo luxo. Pobre em casa de rico fica biruta. Cheguei a temer que ela tirasse a roupa e se pusesse a dançar. Parou diante dos retratões na parede, imensas fotos em tamanho família que mostravam o polegar, gigantesco, andando sobre ônibus, pontes, elevados e edifícios – o dono da metrópole. A fotomontagem transportava o Jujuba do País dos Anões ao País dos Gigantes, dando a mão a De Gaule, a Cassius Clay, atacando assim tecnicamente seu mais antigo ressentimento.

O dono da casa, que desaparecera por instantes, voltou empurrando um bar-volante, tipo de carreta medieval, autêntico *show* de rótulos e bebidas finas. O fanático da ostentação, o porra-louca, sentou-se num coelho de balanço, donde costumava posar para revistas, e deu seu primeiro lance:

— Não trato de negócios sem beber. Vamos encher o caco. Então quer mesmo um papel, Belezoca? Bole um papel para ela, escriba.

Chutei em cima:

— Bolei, chefinho. Ela pode ser uma superfada eletrônica, que voa no espaço e salva os astronautas das mãos do maldoso Rei Urano.

— Está aí a idéia, sereia. O papel é seu.

A vedete-clorofila, mais bunda que cabeça, procurou seu ponto de apoio visual e então começou a falar como se fosse macaca velha. Via sua boca carnuda abrindo e fechando, toda sexo, empurrando as palavras com a lingüinha. Via os dentes faiscando e os peitos subindo e descendo. Mas o que era mesmo que dizia? Mais ou menos isso:

— Olhe aqui, Jujuba, já estou cheia de promessas. Todo mundo quer me dar trabalho. Mas é de araque, morou? Conversa mole não me pega mais. O que quero, no duro, é um contrato, tá?

O micrômegas não estranhou a exigência:

— Quanto quer ganhar, verdinha?

— Por menos de cinco, neca.

— Não diga mais nada: cinco tijolos.

— Mas não é só isso, já disse. Quero contrato de seis meses. É como todo mundo faz, não é?

O charmoso nanico, balançando-se no coelho, me piscou maliciosamente e ordenou:

— Vá ao escritório e pegue uma fórmula de contrato. A moça está cabreira e com razão porque ainda não me conhece. Depois lhe diga como sou generoso, escriba. Conte-lhe quem você era quando o descobri perdido na floresta. Conte pra ela.

Fui à biblioteca, onde encontrei diversas fórmulas impressas de contrato, mas o chefinho queria uma só. Fajutagem. Como já devem ter percebido. Peguei também a portátil e voltei ao *living*, indo me ajeitar num *pufe* com a máquina sobre os joelhos. O *mignon*, ainda se balançando, com pinta de empresário, ditou as cláusulas variáveis silabando as palavras. E, num passe de mágica, uma caneta se materializou entre seus dedos e assinou. A verdinha assinou embaixo. Precisavam de uma testemunha: eu. Exatamente como havíamos fajutado diversas vezes com muitas incautas.

— Negócio fechado, verdinha. Você é minha por seis meses. Percebeu bem o que eu disse? Minha. E contratada aqui do papai tem que se rebolar. Venha dar uma beijoca no chefinho.

A vedete levantou-se, frescona, e remexendo as nádegas curvou-se para beijar o anão. Um faustoso rabo se ergueu na minha direção: tive que virar meia dose de uísque para me conter. Quase que passava a mão, estragando tudo. Jujuba envolveu o pescoço de Pat com seus bracinhos e pregou-lhe violento e chupado beijo na boca. A verdinha riu e o canalha repetiu a dose ainda com mais ímpeto e tesão. Eu respirava forte, puto da vida, com vontade de esmagar o monstro sagrado lá mesmo no balanço. Em seguida o peralta enterrou a cabeça no decote da vedete, enquanto enfiava a mãozinha sob a minissaia. Aí, felizmente, Pat afastou-se a rir e deu mais umas reboladas legais entre meu *pufe* e o coelho. A idiota pensava que já pusera os trinta mil na bolsa e começava a abrir-se.

— Faça um *strip-tease* pra nós — pediu o homúnculo, entusiasmado. — Vá tirando os trapos, verdinha, não tem ninguém aqui, só nós.

Pat Alvarado sacudiu a cabeça, negando-se, com os cabelos soltos, caídos sobre o rosto.

– Criada também é gente, chefinho.

– Mas só tem a arrumadeira lá dentro, que já deve estar domindo. Pode começar o espetáculo. Paguei trinta mil contos pra ver esse lordo, boneca.

Quando ela se virou para mim, fiz-lhe uma careta, e ela, manjando, saiu com essa:

– Estou morrendo de fome, Ju. Depois eu faço o que você manda.

– Hoje não tem comida – disse o *mignon*. – O escriba cismou de dispensar a criadagem, até o jardineiro. – E para mim: – Vá lá dentro e veja se arruma uns sanduíches.

Disparei para a copa, enciumado. Não queria que o reduzido ficasse sozinho com minha gama por muito tempo. Voei pelos corredores. Encontrei tudo: pão, queijo, salame. Eu tinha liberdade, entendem? Conhecia o Castelinho como a palma da mão e vivia abrindo e fechando as geladeiras. Voltei para o *living* com a mesma pressa. A vaca da vedete estava deitada no tapete com os peitos para fora. O anão beijava-lhe e mordia os seios fazendo ruídos. Tão entretido, nem percebeu minha aproximação. Ia arregaçar-lhe a saia para continuar seu trabalho bucal quando Pat me viu e saltou de pé.

– Ah, os sanduíches! – pegou um deles da bandeja e foi mastigá-lo num canto ainda com a metade dos peitos aparecendo.

Jujuba continuou no chão.

– Você veio estragar, escriba. O melhor ia começar agora.

Fui ao bar e enchi um cálice. Precisava beber mais, sem parar. Aquelas emoções me aceleravam o coração. Para o Jujuba aquilo era rotina, mas eu era tarado por Pat havia três anos, ajuntara recortes de jornal, colecionara retratos, seguira-a pelas ruas, procurara mulheres com a cara dela nos bordéis e gastava todo o sangue das traduções de Max Pylon para ver suas coxas no palco. O monstro sagrado levantou-se e foi pegar um uísque na carreta, mas não encontrou a marca que queria e com um palavrão foi para a adega.

Apertei o braço de Pat; a verdinha gemeu.

– Você tem chulé na cabeça, moça. Sabe o que fez? Assinou um papel qualquer. Onde está sua cópia para provar que o contrato existe? Ele quer é dar uma trepada em você e só. Não vai ver um tostão, me entende?

O Q.I. da vedete era uma vergonha nacional.

– Então caí no conto?

– Claro que caiu, boneca. Foi tapeada pelo anão como uma criança, devia se envergonhar.

– O que devo fazer?

– Agora ponha esses peitos para dentro e enfie o contrato na bolsa. Pegue ele. Está lá na mesa. E trate de ir embora bem depressa. Amanhã logo cedo, telefono pra você. Com o contrato, ele tem que te pagar mesmo você não trabalhando.

Acho que Pat havia roubado muita coisa, isqueiros, cinzeiros, talheres e *souvenirs* em bacanais de grã-finos, tal foi a rapidez e naturalidade com que meteu o contrato na bolsinha. Ato contínuo, ainda mais rebolativa, frescona, e com o maior sorriso do hemisfério, dirigiu-se ao espelho do *living* para pentear os cabelos. Confesso que naquela hora quase me lanço sobre ela, para possuí-la na marra, se o chefinho não reaparecesse com uma garrafa bojuda de uísque.

– Gostou do sanduíche, boneca?

A clorofila, com um sorriso de mentira, assoprou-lhe um beijo, como costumava fazer no palco ao cair da cortina, e anunciou:

– Agora que matei a fome, vou embora. Tem festa na casa de uma amiga.

O anão franziu a testinha, emputecido. Nem as menores saíam de lá sem levar chumbo.

– Você vai na festa depois, verdinha. Agora vamos fazer uma brincadeira. Veja aí o escriba. Ele está louco por você, como está na cara. Então você faz um *strip-tease* – era o início de um plano diabólico –, tira toda a roupa. Mas antes pegue um lenço e amarre os olhos dele. Olhe, tem um lenço aí! Consiste em... quero dizer, se ele conseguir te pegar, vocês trepam aqui, na minha frente. É a sua chance, escriba! Depois não vá espalhar que o chefinho não lembra de você.

– Deixa ela ir na festa, chefinho.

– A festa vai ser aqui. Amarre os olhos dele, verdinha. Pegue o lenço.

Eu estava ereto com vagas esperanças de ser bem-sucedido. Pat Alvarado chegou-se a mim e vendou meus olhos com um lenço perfumado. Uma das muitas brincadeiras do chefinho em que eu era o centro. Coisas piores já preparara para mil convivas. Tudo escureceu e eu comecei a ouvir a roupa dela, o ruído da nudez, se posso falar assim. Sabia que Pat estava despida diante de mim, mas não podia ver nada. Fiquei louco, embora fixo no chão.

– Pode começar, escriba. Pegue ela. Se mova, matusquela.

Com os braços espichados, como um sonâmbulo, saí atrás dela, com o coração pulando, a boca seca, rezando para que tudo desse certo. Perto de mim, o nanico morria de rir, me estimulando a prosseguir. Ouvia também os risinhos da clorofila, que corria pela sala, evitando minhas mãos ávidas. Às vezes, eu a sentia perto e me excitava mais ainda. Mas de repente, empurrando com o pezinho, o micrômegas jogou o *pufe* diante das minhas pernas e eu afocinhei no chão. Nervoso, arranquei a venda, mas não a tempo de ver a vedete, já escapando pelo corredor, com suas roupas.

– Chefinho, bati com o nariz!

– Não sabe o que perdeu, escriba! A mulher é um espetáculo! Agora vou subir e pegar ela. Fique aí, deitadinho no chão.

– Quer que eu vá buscar ela?

– Eu tenho pernas, escriba! Você já teve a sua oportunidade.

Levantei-me com meu lance preparado. O nariz me doía, mas eu precisava reagir. Pra que é que a gente tem cabeça?

– Patrão, que foi que houve com sua cuca? Mulher como esta tem aos montes por aí. Ela não vale trinta mil contos! Nem sendo o maior rabo do país!

– Quem lhe disse que vou dar os trinta, calhorda? Quando ela sair, rasgo o contrato e está tudo acabado, não sabia? Sempre fizemos isso. Esqueceu ou está biruta?

– Mas aonde está o contrato? Diga, chefinho!

Jujuba olhou para a mesa onde o contrato tinha sido assinado. Procurou-o no chão.

– Estava aqui, não estava?

– Mas onde está agora?

– Não sei.

– Procure, chefinho, procure.

O anão perdeu a paciência:

– Onde está o puto do contrato? Onde está ele, veadão?

Apontei para o fundo do corredor.

– Na bolsinha da cadela.

O Jujuba não gostava de ser enganado, ficou onça.

– E a bolsa, está com ela?

– Está, chefinho. Eu vi quando ela pegou o contrato.

Ele procurou se controlar, tomou uma tremenda dose de uísque, pensando na situação. Piscou os olhinhos, pondo a cabeça a funcionar.

181

– Podíamos lhe arrancar a bolsa, mas ela é de fazer escândalo. A vizinhança já anda meio cabreira com nossas farras. Precisamos agir com cautela.

Fingi estar bolando algo na hora.

– Chefinho, tive um estalo.

Jujuba ergueu a cabecinha e olhou-me esperançoso. Sempre esperava meus estalos, geralmente bons. Era um filho da puta, mas jamais alguém confiou tanto no meu talento. Essa justiça lhe faço.

– Desembuche, escriba, antes que ela escape.

Após um pequeno "suspense" apontei para a piscina. Era uma jogada muito importante.

– Convide a verdinha para um mergulho na piscina.

– Quero trepar, não nadar.

– Acho que o chefinho não está morando. – Realmente não estava, mas se dispôs a ouvir-me com o mesmo interesse profissional que dedicava às boladas e *gags* do programa. Creio até que adorava ouvir minhas sugestões, sempre tão rendosas para ele. – Patrão, a coisa é simples. Enquanto vocês nadam, eu entro no quarto e roubo o contrato. Ela não pode nadar de bolsa, pode?

– Realmente não pode. Sugestão aprovada, escriba.

O dono da casa dirigiu-se ao corredor ao encontro de Pat Alvarado, que saía do banheiro. Não ouvi o diálogo, pois fui ao jardim ver a piscina. De manhã eu retirara a escada e a deixara sobre a cama. Fui ver se ainda estava lá. Precisava também de um pouco de ar fresco, queimado como estava por dentro. Larguei-me numa preguiçosa com um copo não sei de que na mão, e fiquei à espera dos dois mastigando meus planos secretos. Não demorou muito a que Pat surgisse a meu lado com um escandaloso maiô vermelho que o nanico lhe emprestara. Lembrei-me de todas as fêmeas que já vira no cinema e concluí que ela era a melhor de todas. Uma parada, tetrarcas.

– Você sabe nadar, Pat?

– Já fiz bailado aquático. Nasci nadando. Sou carioca, como se vê. Mas tudo isso é lindo! Como o Jujuba ganha dinheiro! – E mudando de tom: – Ele não desconfia de nada, não? Digo do contrato.

– Está muito bêbado, Pat.

Ela olhou ao redor e arriscou mais uma pergunta.

– Quer dizer que terá que me pagar, mesmo se eu não trabalhar?

– A gente registra o contrato amanhã.

– Você ensina como se faz?

– Deixe pra mim.

A vedete riu.

– Você é o próprio amigo-da-onça, hein?

Fiz uma cara de sofredor, que me caía muito bem.

– Viu como ele me humilha? Na frente de todos! Preciso tirar minhas desforras. Sou humano como qualquer pessoa e estou muito preocupado com você.

O Jujuba transpôs a porta de vidro do *living* com uma novidade: estava completamente nu. Pelado ficava ainda menor, ainda mais reduzido. Menos tenso, ri a valer. Pat, a putinha, imitando uma donzela envergonhada, mergulhou na água. Logo punha a cabeça pra fora, anunciando que a água estava gelo puro.

O anão deixou a garrafa bojuda aos meus pés e ordenou:

– Vá procurar a bolsa.

Entrei na casa com a missão a cumprir. Não foi difícil encontrar a bolsa. Fora escondida numa gaveta do pichinchê de um dos quartos de hóspedes. Ao abri-la, meio emperrada, senti o perfume da vedete. Peguei o contrato e ia saindo quando vi suas roupas sobre a cama. Não pude resistir: cobri meu rosto com sua calcinha e aspirei profundamente. Fiz isso tantas vezes, enchendo tanto os pulmões de ar perfumado e cheiro de carne de Pat, que fiquei tonto. Voltei ao *living* nervosamente sem saber o que fazer com o contrato. Onde deveria escondê-lo? Desorientado e pensando em voltar ao quarto para novas cheiradas, descobri afinal um vaso que Jujuba adquirira no Natal em Parati. Enfiei o contrato lá dentro e voltei às margens da piscina com os olhos na garrafa bojuda. Nadando, abraçado na vedete, Jujuba protestava:

– Quem mandou esvaziar a piscina? A água desceu um metro.

– Fui eu, chefinho. Ela está suja.

– Mas ela foi limpa outro dia, veadão!

Sacudi os ombros e peguei a garrafa, com mais sede ainda, mais desejo de me embriagar. Há muita diferença entre as emoções da ficção, aquelas que eu sentia nas traduções de Max Pylon, e a realidade. O que acontecia era verdadeiro. Vi a marca da água, um metro abaixo, e invejei a frieza dos personagens de Pylon. Eles não temiam nada e iam em frente com a maior segurança.

– Eh, Pat, vamos fazer o negócio dentro da piscina mesmo – propunha o anão.

A vedete, sempre a rir, evitava-o. Suas braçadas longas, de bailado aquático, livravam-na do minúsculo perseguidor. Pensei naquilo em termos de cinema e achei tudo ótimo. Mas apesar do meu estético entusiasmo senti dores de barriga.

Para fugir à perseguição, Pat, a comediante, conseguiu alcançar as bordas da piscina e salta fora. Levantei-me da preguiçosa vendo ali a oportunidade, o instante da ação.

– O que aconteceu com a escada? – berrou o nanico. – Como é que vou sair daqui?

– A escada?

– Sim, onde ela está, veadão?

Realmente eu era uma merda perto do tio do garoto do

livreco do Max Pylon. Pus-me a tremer, mostrando-me um perfeito bolha, quando a ação deveria ser urgente e eficaz.

— O senhor esqueceu que ela quebrou...

— Como podia quebrar? É forte pra caralho!

Sacudi os ombros outra vez:

— Acho que foram os cabeludos. Estavam todos dopados. Só podem ter sido eles.

Pat saiu das águas e estendeu a mão para o Jujuba, que fez um enorme esforço para pisar a margem. Ficaram os dois, respirando fundo, sentados no chão, tentando rir da força que haviam feito. Voltamos os três para o *living*, Jujuba espirrando. Depois que Pat passou por ele, o nanico me puxou pela mão.

— Se alguém me procurar, escriba, diga que viajei, que morri.

— Sim, chefinho.

— Afanou o contrato?

— Não pense mais nele.

Pat olhou para mim e saiu-se com esta:

— Agora ponho o vestido e vou para a festinha.

— Vai nada! — bradou o anão. — Você vai é trepar até não poder mais.

— Ju, benzoca, deixe isso para amanhã.

— Já viu alguém adiar tesão? Vá tirar o maiô. Eu a espero no quarto. E você, escriba, se quiser pode ir dormir. Hoje não tem sopa dos pobres. Estou pagando trinta mil por este michê.

Espirrando sem cessar, Jujuba foi para o quarto. Pat atrasou os passos antes de entrar no seu para tirar o maiô. Queria uma palavrinha comigo.

— Como você vê, não posso escapar dele. Mas não faz mal. O contrato está comigo e amanhã nós registramos.

— Tem certeza de que o contrato está com você?

— Guardei ele na bolsa.

— Não está mais na bolsa, pipoca.

– Como sabe?

– O Jujuba me disse que roubou e escondeu nalguma parte.

Pat correu para o quarto e abriu a bolsa. Fiquei na porta, espiando, com receio de que o nanico aparecesse.

– Desgraçado! Filho da mãe! Roubou mesmo!

– Não se pode confiar nesse cara.

– Mas, se é assim, na minha bunda ele não põe.

– O que vai fazer, verdinha?

– Saia daí, escriba. Vou vestir a roupa.

– Pat, eu...

– Saia! Já estou com o saco cheio de tudo!

Afastei-me e em poucos passos apanhei a garrafa bojuda. Virei-a na garganta. Não sabia se tinha ou não o controle da situação e estava com medo de que o tiro saísse pela culatra. Tudo é uma questão de sorte, e eu sempre fora razoavelmente cagado. Foram aqueles uns dos piores momentos da noite.

O Jujuba saiu do quarto com um *robe* marrom.

– Onde está a verdinha?

– No quarto de hóspedes, chefinho.

– Que puta demora é essa?

– Acho que vou dormir, chefinho. Deixo vocês à vontade, já que não vai haver sopa.

Acho que cheguei a dar uns passos na direção do corredor quando a verdinha estourou no *living*, já vestida, com a cara fechada, os peitões arfando. Estava uma fera sem aquele verniz da manhã, como ela era mesmo, a do rebolado, acostumada a toda sorte de sacanagem, com ódio recalcado de tudo e farta de ter que abrir as pernas para viver.

– Vou embora, cavalheiros! – anunciou.

– O que aconteceu, boneca?

– Vocês são uns pilantras! Roubaram o contrato de minha bolsa.

O anão passou à ofensiva:

– Ah, estava na bolsa? Então a ladrona é você. A pilantra é você. A mafiosa! Não sabe lidar com gente de respeito! É uma pistoleira como qualquer outra.

A vedete fincou as mãos na cintura, ficando feia pela primeira vez desde que a conhecera.

– Afanei porque queriam me enganar. Depois da farra, me davam um pontapé e me jogavam na rua.

– Espere um pouco, verdinha. Vamos conversar.

– Vá conversar com sua avó, nanico!

Jujuba tinha uma nova e franca proposta a fazer.

– Certo, verdinha. O contrato era de araque, mas posso lhe dar uma boa grana. Você vai sair daqui com o rabo cheio de dinheiro.

Por cima da cabeça do anão, apontei o vaso, temendo que o diabinho pudesse enredá-la. A verdinha entendeu e disfarçadamente, rebolativa, aproximou-se da cantoneira.

– Pensam que não vi onde esconderam? – disse, me salvando com a colocação no plural. E retirando o contrato do vaso, correu para a porta, em fuga, socando os tacos no assoalho.

O lance da clorofila desnorteou o Jujuba, que, apenas para mostrar reação, tentou chegar antes que ela à porta da entrada. Pat, atlética, deu-lhe um drible e disparou agora para o interior da casa, vomitando os maiores palavrões. Parecia um bispo de xadrez, deslocando-se na diagonal.

O anão foi persegui-la e focinhou no tapete.

– Deixe ela pra mim, chefinho – disse, voando pelo corredor.

A vedete ignorava que o Castelinho não tinha saída livre para a rua, cercado pelo jardim, e que a porta dos fundos era fechada por fora pelos serviçais. Entrei na cozinha e para minha surpresa vi Pat Alvarado junto à pia, toda trêmula, com o contrato na mão. Apavorada, ela que na cena anterior parecia uma leoa, uma puta da zona dis-

187

posta a virar a mesa. Sorri amigavelmente para que Pat ficasse tranqüila e confiante no intelectual que a estimava.

– Minha querida amiga...

Era seu amigo secreto, o sereno homem de letras, o escriba balofo que só queria o bem das criaturas.

– Você veio me pegar?

– Veja o que vou fazer, Pat. Veja bem. – Era uma idéia provavelmente lembrada de um dos romances de Max Pylon, parece-me que *Um grito no escuro*.

– O que vai fazer?

– Isto.

Abri a caixa de eletricidade e desliguei a chave geral. A voz de Pat ficou diferente no escuro, todas as vozes ficam diferentes no escuro.

– Por quê?

– O Jujuba não alcança a caixa. É pequeno demais.

– E eu, o que faço?

– Segure bem seu contrato e espere. Vamos dar um jeito de você escapar. O murinho da frente é muito baixo. Sempre pulo ele quando esqueço a chave.

Voltei ao *living*, às escuras, já ouvindo os protestos do chefinho.

– Que porra foi essa?

– A merda da Light. Ontem foi a mesma coisa.

– Não tinham outra hora para cortar a luz? Olhe, vá lá na copa e pegue um maço de velas. Preciso encontrar aquela pistoleira.

Fui tateando até o armário da copa. Chamei baixinho por Pat, mas ela não estava lá. Onde teria ido? A primeira coisa em que toquei no armário foi justamente o maço de velas. Zás na cisterna. Voltei ao *living* com meu isqueiro aceso.

– Nada de velas, chefinho!

O Jujuba foi mover-se e chutou uma banqueta. Continuou a andar na direção da carreta e logo eu ouvia o ruído de líquido despejado num copo. Depois, um espirro. Fizera-lhe mal entrar nu na piscina.

— Onde será que se meteu a vaca?

— Vamos esperar a luz voltar, chefinho.

— Pela frente ela não sai — disse o nanico com um segredo que eu desconhecia.

— Puxa, como bebemos hoje! Vamos cochilar no divã.

Jujuba protestou, atingindo-me com um tapa no braço.

— Cochilar na hora do brinquedo? Vá buscar minha lanterna.

Assustado com esse plá, fui para a biblioteca com muito medo do que podia acontecer. Ao entrar chamei por Pat, como fizera na cozinha, e mais uma vez não obtive resposta. A vivalda devia estar bem escondida com seu contrato. Abri a gaveta. A lanterna eu não podia jogar fora; liguei-a e voltei ao encontro do anão.

— Passe isso para cá, veadão.

— Pode deixar, chefinho, vou procurar a verdinha. Fique descansando aí.

— Quem disse que estou cansado, fresco? Me dê a lanterna.

Realmente para Jujuba se apagar precisava muito álcool, muita bolinha. Muitas vezes farreava até a manhã seguinte, tomava banho e ia enfrentar a câmara de televisão para a alegria da gurizada. Apenas uma vez eu e o mordomo tivemos que tirá-lo da piscina vazia, onde desmaiara após uma orgia romana.

Vi o facho de luz afastando-se na direção da copa. Se o Jujuba encontrasse Pat, eu não saberia o que fazer. A primeira grande oportunidade fora perdida e agora apenas influía nos acontecimentos sem dominá-los. Sentei-me na banqueta, depois de me servir nova dose. Só me restava beber e esperar.

Ouvi uma voz de *jingle*, a inconfundível voz do príncipe de massificação, mas somente a música era a conhe-

189

cida dos Biscoitos Mirim, cantada nos auditórios. A letra Jujuba improvisara para a situação.

"Venha Pat, Patinha,
venha, venha, minha verdinha,
vamos dar uma trepada bacana,
vamos brincar de gincana,
unda, eta, alho."

A musiquinha me fez um mal desgraçado, talvez por causa do escuro e do eco dos cômodos quase vazios do Castelinho.

"Unda, eta, alho,
unda, eta, alho,
unda, eta, alho."

Boliram no meu braço. O perfume. Ela.

— Onde ele foi?

— Foi procurar você com a lanterna.

— Agora dá pra escapar.

— Então tire os sapatos, depressa.

Respirando fundo, a senhorita Pat Alvarado, da sociedade paulistana, acompanhou-me no escuro até a porta principal. Parece que chegou a despedir-se, balbuciando qualquer coisa de agradecimento. Girei a maçaneta, mas a porta não abriu. Forcei, nada.

— O nanico fechou com a chave.

— Não tem outra saída?

— Só pulando o muro, irmã.

"Unda, eta, alho,
unda, eta, alho."

— Esconda-se atrás da cortina. Não se mexa.

"Unda, eta, alho."

— Acho que ela evaporou, chefinho.

— A putinha deve ter subido nalgum lugar.

— Vai desistir ou vai continuar?

— Nunca desisto, escriba. Veja o que ela deixou cair. Um lenço. Aqui está a pista, veadão. Isso vai ajudar pacas.

O anão, feliz, afastou-se repetindo o estribilho de sua canção, que já começava a ficar macabro. No fundo do corredor, ouvir de novo sua voz:

— Quer apostar como a vacona aparece agora?

Não sabia qual era o plano de Jujuba, que nem sempre me confiava todos. E eu ficava bronqueado quando o monstro sagrado cismava de ter idéias próprias. Mas logo entendi e dei tudo por perdido. Marco e Pólo começaram a participar da gincana no escuro, libertos do canil. Rosnavam ferozes pelo *living* como lobos famintos. Eu já os vira estraçalhar um ladrãozinho no jardim e sabia como eram fiéis ao seu dono. Mais fiel do que eles, só eu mesmo.

— Só nos faltava a caça à raposa, escriba!

Não achei graça alguma, aterrorizado, e chamei os cães pelos nomes, procurando detê-los. Atrás de mim, o micrômegas gargalhava e repetia "unda, eta, alho". Saltei diante da cortina, fazendo barreira para Patrícia e no movimento brusco derrubei uma estatueta. Tive a impressão de que uma escultura de dois metros desabara aos meus pés. Então Pat gritou, um grito longo e inteiriço. Não ouvi seus sapatos, pois tirara-os, mas o jato frio de luz da lanterna a alcançou quando ela cruzava o *living* a caminho da piscina. O ruído do corpo caindo na água encheu o jardim.

Jujuba e seus cães correram para fora. Ele gargalhava, feliz com tudo, e firmando-se no estribilho.

"Unda, eta, alho,
unda, eta, alho."

Fui também para o jardim, àquela hora com o odor forte das magnólias. Marco e Pólo volteavam a piscina, latindo. Vi Pat nadando em círculos a olhar para o Castelinho. Jujuba virou a garrafa na boca e tomou o maior gole da temporada. Fiquei atrás dele, mais confuso do que nunca.

— O que vai fazer, chefinho?

— Esperar, escriba. Agora, sim, é esperar.

"Unda, eta, alho."

– Vai ter que esperar até amanhã.

– Por quê?

– Para ela a piscina dá pé. Veja o nível como desceu – apontei. – Pat nem precisará nadar.

A observação bateu em cheio no alvo. A verdinha não sairia da piscina nunca com aqueles galgos rondando. Continuava nadando em círculos sem nenhum protesto a olhar o grupo que se instalara à margem e acompanhando os giros de Marco e Pólo.

"Unda, eta, alho."

– Vá pegar ela – sugeri.

– Quer ouvir mais espirros, veadão?

– Assim vai ficar monótono, chefinho. Tome mais um gole e mergulhe.

Jujuba virou novamente a garrafa bojuda na boca e piscou-me.

"Unda, eta, alho."

Jogou o robe na grama e, outra vez nu, atirou-se na água soltando um grito de guerra. Agindo depressa, chamei Marco e Pólo e até arrastei um deles pela coleira, me esforçando para levá-los de volta ao canil. Depois, voltei ao jardim, ouvindo as gargalhadas de Jujuba, que tentava segurar Pat. Pisando na borda da piscina, fiz um sinal para a senhorita Alvarado. Ela veio nadando. Baixei o braço mais que pude, finquei os pés no cimento e numa só arrancada tirei-a da água.

Meu amado patrão se pôs a gritar.

– Eh, veadão, me tire daqui!

– Espere, chefinho, vou dar um uísque à nossa convidada.

– Não posso sair, calhorda. O nível desceu – esganiçou o Jujuba, procurando saltar na água para em vão jogar o corpo para fora. Vendo-o assim nu, na penumbra do jardim, ocorreu-me por que fora ele eleito o ídolo coti-

192

diano da criançada: é que não era um ser disforme, como a maioria dos anões, mas um homem em miniatura, um truque fotográfico, um duende que um dia começaria a crescer até o tamanho normal para afinal casar-se com uma princesa.

Pat, doida para sair de lá, puxou-me pelo braço.

– Não tire ele, não tire ele ainda.

– Vamos pra dentro.

Ao dar os primeiros passos no *living* às escuras, lembrei da lanterna que vira sobre a relva da piscina. Foi duro, muito duro ter que voltar para apanhá-la. Embora me abaixasse, o chefinho, num dos seus saltos de peixe conseguiu me ver e rompeu num berreiro apenas interrompido pelos goles de água que bebia em seu esforço e convulsão.

Guiei Pat para o quarto com o jato de luz apontado para o chão.

– Não posso sair assim com esse vestido ensopado.

– Claro que não pode. Há diversos no guarda-roupa – eu disse, abrindo o móvel. – São das figurantes do programa. Pegue qualquer um.

Estávamos perto um do outro, muito perto:

– Saia que vou trocar...

– Deixe de frescura, Pat.

Ouvi o ruído do vestido que se despregava do corpo úmido de Pat. O sutiã foi mais fácil. Mas as calças estavam muito coladas, teve que enfiar o dedo na carne para arrancá-las.

Movi a lanterna ligada em sua direção.

"Unda, eta, alho,

unda, eta, alho."

A vedete-clorofila, sob o *spotlight*, afinal despiu-se completamente para o moço da primeira fila. Apontava a lanterna como quem aponta um revólver. As mãos de Pat, cruzando no vértice das coxas, fizeram barreira sobre os pêlos. Lancei o jato de luz nos olhos dela. Ela defendeu os olhos com as mãos. Baixei a lanterna. Ela repetiu o gesto. Subi a lanterna. Ela voltou a proteger os olhos. Desci a lanterna. Ela desceu as mãos. Fui de novo aos olhos.

"Unda, eta, alho."

— Pare com isso, escriba.

Era tão burra que pensava que escriba fosse meu nome.

— Vamos, Pat, deite no tapete.

— Quero ir embora.

— Então vá, pode ir.

— Nua?

— Nua.

Xeque-mate: uma mulher nua não pode ir a lugar nenhum. Depois havia o contrato. Amoleceu a voz:

— E o Jujuba?

— Está na piscina.

— Ele sabe boiar?

— Vamos, deite no tapete.

— Então faça depressa.

Não dá para descrever. É difícil, não sei. Só digo uma coisa: ela parecia feita de espuma de borracha, um material muito macio que cedia com meu peso. O que funcionava muito era a cabeça, as recordações. Eu me via comprando ingressos, centenas, diante do guichê, depois já no teatro, assistindo ao *strip* juntamente com quinhentos sósias meus. Mas havia um ponto, um tipo estrangeirado na caixa do ponto, que se levantou e cumprimentou-me: era Max Pylon, o escritor, com um livro na mão, o seu *A morte na piscina*. Também não sei quanto tempo aquilo demorou. A princípio ela protestou, queria uma de coelho, mas as bolinhas não deixaram a gente chegar lá, numa onda que não terminava nunca. Pat, por fim, acabou gostando da demora e subitamente ficou louca, abrindo-se toda e passiva para *Mr.* Hide, o macaco peludo, nosso avô. Tive que me equilibrar bem e fincar as garras de lado, quando ela começou a rebolar convulsivamente sobre o tapete. Parecia, me perdoem, uma máquina de fazer sacanagem, que consumia todo o meu gás. Para manter-me bem macho tive que arremessar meus pensamentos para longe, desligá-los do cenário e fixá-los nas coisas mais puras e assexuadas. Quando ela diminuía o ritmo, como se fosse afrouxar, os pêlos de *Mr.* Hide lhe faziam cócegas e tudo recomeçava.

Pat foi quem levantou primeiro, sei lá quanto tempo depois. Tentei ajudá-la a vestir-se, apontando a lanterna para suas mãos, mas o vestido que ela pegara não servia. Fui à área de serviço e liguei a força. Quando voltei, a senhorita Alvarado vestia uma elegante saia amarela.

— Me arranje um papel — pediu.

— Pra quê?

— Pra embrulhar meu vestido.

— Aí tem um pedaço de plástico.

Ao vê-la ainda semidespida, ouvi o versinho "unda, eta, alho" e tudo quase se reinicia. Mas ela me empurrou com firmeza:

— Deixe disso, escriba. Não está satisfeito? Vamos embora.

Pat embrulhou o vestido no plástico e pegou a bolsa com o contrato.

— Não esqueceu de nada?

Ela então levou um bruto choque:

— E o anão? A gente esqueceu ele.

— Deve estar na piscina.

— Ainda?

— Ele não podia sair, lembra?

Pat disparou para o jardim, envolvida num inquietante silêncio. Tudo estava parado, deserto, irreal. Ela me olhou com uma espantosa expressão no rosto. Queria falar e não conseguia. Devia querer perguntar quanto tempo tínhamos estado sobre o tapete.

195

– Onde está ele? Vamos procurar na casa.

Olhei as águas quietas.

– Não, Pat. Ele está lá embaixo.

– Como sabe?

– Olhe naquele canto. Ele está lá.

Pat não quis olhar. Olhou para a bolsa, onde estava o contrato.

– E agora?

– Vamos cair fora, senão vão acusar a gente de ter matado o anão.

A senhorita Alvarado correu logo para a porta principal. Girou a maçaneta dum lado e outro, aflita. Quando notou que a porta estava fechada, ficou aterrorizada.

– A chave está no bolso do robe, lá embaixo. Melhor assim. É a prova de que estava sozinho.

Obrigado, Max Pylon!

Voltamos ao jardim e pulamos o muro, muito baixo, quase decorativo, quando vimos o Mustang "sob as árvores gotejantes do parque de Liliput". A neblina nos escondia bem, isolava-nos na noite, mas Pat, a covarde, não se conteve e desatou a correr com a respiração descontrolada, os peitos pulando sem olhar para trás; eu, inimigo dos esforços físicos, tive que segui-la no mesmo ritmo de susto, embora exausto da batalha que travara sobre o tapete. Segurei a mão da vedete e corremos como doidos pelas alamedas desertas do aristocrático bairro, através de ruas, quarteirões, pracinhas, subidas e descidas. Com gotículas de orvalho no rosto e vendo as mesmas gotículas no rosto de Pat, corremos através do tempo também. Entramos num cemitério, repleto de crianças uniformizadas, com a pobre Belinha em pranto ao lado do papai, onde li uma verdadeira peça literária, o adeus ao ídolo da futurosa criançada desta jovem nação; vi o pequenino caixão descer à sepultura e o diretor-presidente dos Biscoitos Mirim chorar nos ombros do diretor-presidente da TV Ipiranga, e este por sua vez chorar no ombro do diretor-presidente do IBOPE. Terminei o discurso cumprimentado pelas professoras do curso primário, e voltamos a correr, eu e Pat, numa paralela que se apartava.

Corri de volta à quitinete, aos sanduíches de mortadela e aos romances de Max Pylon. Corri de regresso ao ponto de partida para começar tudo de novo. E Patrícia, Pat, Patinha, "unda, eta, alho"? Acham que poderia esquecer essa música de inspirada composição de meu ex e querido chefinho, que não canso de exaltar? Pat também correu, e eu, correndo, corri a um aeroporto ensolarado, onde a vi novamente verdinha, resplandecente, em rumo aéreo à progressista cidade de Caracas, indócil na fita, mas segura pelas rédeas firmes de um empresário vigarista (Eh, Pat, olhe para cá), um tipo muito manjado na Boca (Pat, sou eu, escriba), mafioso escrachado nos jornais (Você vai voltar, Pat, jura que volta?) por quem, como fiquei sabendo mais tarde, a senhorita Patrícia Alvarado, minha gama, tara e cúmplice, era estupidamente apaixonada.

Adeus, Pat!

Adeus, Jujuba, mentor e delícia da criançada, a quem idolatrarei até meus últimos dias.

O CÃO DA MEIA-NOITE

Para Virgínia Ebony Spots,
um ser humano da família dos dálmatas

I

Estou andando rente à parede e é meia-noite. Não é para resguardar-me da garoa nem por receio da polícia. Persigo um cão molambento que vi passar quando tomava conhaque num boteco da Boca. Já resolvido, tirei dinheiro do bolso, joguei-o no balcão e saí às pressas. Não me perguntei por que, nem havia tempo. Talvez um estranho caso de simpatia espontânea. Lembrei-me daquele camelô corcunda de quem eu comprava jogos de papel para divertir os amigos. Nada mais inútil para mim. O mesmo ou muito mais me despertou aquele cão preto e branco de andar rasteiro e orelhas mansas que num instante cruzou a porta iluminada do bar.

Onde iria aquele cão, nos seus passos tranqüilos, na primeira hora da madrugada? Seria interessante investigar. Fui atrás dele com medo de assustá-lo. Piso a calçada de leve e quase roço o ombro na parede. Certamente logo me ocorreu que não tinha residência, portanto não estava a passeio. Raro é o dono que permite ao seu cão sair de casa àquela hora da noite sozinho. Eu jamais consentiria. Na esquina, o animal atravessou a rua. Embora temendo revelar-lhe minha intenção, fiz o mesmo. Tive a impressão de que voltava para casa, e lamentei isso. Apressei o passo, caminhando ao seu lado, como um transeunte qual-

199

quer. Possuo certa habilidade para não fazer-me notar. E realmente ele não deu por mim, prosseguindo em seu andar miúdo e descuidado, muito à vontade. Mais próximo, pude examiná-lo melhor. Tinha a pinta lamentável de cachorro velho, o pêlo sujo e enfermiço, o rabo apático, sem vitalidade, e um olhar impreciso de filósofo desacreditado. Seu aspecto geral era ainda pior que seus traços particulares, um animal maltratado, sem afeto e não muito distante da morte.

Passamos os dois diante de um cinema: vi-o à luz do neon justamente no momento em que a iluminação se apagava. O cão entrou numa ruazinha que levava à avenida São João. Irritei-me, pois numa via tão movimentada, mesmo depois da meia-noite, seria mais difícil travarmos contato. Na avenida, o molambo parou no meio-fio olhando os carros passarem. Tive a certeza absoluta de que pretendia suicidar-se. Vocês concordariam se vissem seus olhos nublados e introspectivos, o seu corpo magro e indefeso.

Coloquei-me bem a seu lado para impedir qualquer loucura. Meu pensamento era trágico demais. O cão simplesmente aguardava, paciente, uma oportunidade para atravessar a avenida e o fez. Evidente que o imitei, já nem sei mais se por curiosidade. Mas o que desejava ele do outro lado da avenida? Que diferença faz a um cão ficar de um lado ou de outro de uma via pública? Talvez tivesse mesmo residência fixa e ia regressando ao lar. Como propriedade era desprezível. Um cachorro assim só poderia pertencer a um cáften ou a um maloqueiro qualquer. Faltava-lhe *pedigree* e o menor traço de beleza.

Interessante, ao cruzar a grande artéria o cão deixou de andar com a decisão anterior. Observei que assumia ares de vagabundo, passo mais lento, marombando aqui e ali, sem pressa para nada e curioso em relação aos transeuntes. Parou, enfim, diante de um restaurante mixuruca freqüentado por notívagos, prostitutas e homossexuais. Estava na cara: era um boca-de-espera, agora olhando vivamente para o interior do estabelecimento. Já fui também boca-de-espera antes de ingressar no jornalismo, e tive um pouco de pena porque sei que a fome é dos males o mais concreto para um ser vivo.

Continuei a observar o cão, crente de que era conhecido ou amigo de um dos garçons. À luz do estabelecimento, eliminei qualquer dúvida. Embora descendesse dos foxes, o que provava seu focinho alongado, não passava de um vira-lata sem eira nem beira, um pulguento, um trapo. Nem sei por que continuei ali ou por que continuo aqui. Faço alguma confusão no tempo quando me refiro a este caso, que me parece estar sempre acontecendo do princípio.

O cão deu uns passos para o interior do restaurante, mas recuou em seguida, não sei se expulso por alguém. O momento do contato. Não podia perdê-lo.

— O que está fazendo por aí, Augusto? — perguntei como se o conhecesse.

Não gosto de chamar os cães por nomes de cães. Por outro lado, reprovo os que batizam com nomes de gente apenas para provocar riso: Carlos Alberto, Jacinto de Thormes, Francisco Amaral e outros que ridicularizam os animais.

O cão olhou-me sem curiosidade e aí, paradoxalmente, tive a plena e magoada certeza de que me notara desde o primeiro momento. Sorri para ele, mas confesso que Augusto nem ao menos balançou o rabo, seu maldito rabo paralítico.

— Está com fome? Tenho dinheiro.

Para mostrar-lhe que não sou nenhum joão-ninguém, entrei no restaurante. Fui no balcão, pedi um bife qualquer, embrulhei-o em alguns guardanapos de papel, paguei e corri para a rua, afobado. Olhei ao redor. Onde estava Augusto? Tinha desaparecido. Ou era o fantasma de um cachorro? Fiquei com o bife na mão, lambuzando os dedos e sem saber o que fazer com ele. Augusto não acreditara que eu pudesse pagar-lhe um miserável bife. Lembrei-me de uma prostituta que me abandonara num bar, também supondo que minha carteira estivesse vazia. Devo ter uma aparência deplorável, mas não é necessário ser nenhum grã-fino para pagar uma prostituta ou dar um bife a um cão faminto.

Andei de um lado e de outro, ainda à procura. Uma súbita inspiração me fez atravessar a rua. Foi Deus. Augusto farejava uma lata de lixo e continuou depois de ver-me.

– Por que não me esperou? Tome o bife.

Augusto, bamboleando, chegou sem pressa e veio cheirar a carne em minha mão. Apenas cheirar.

– Contrafilé. Fazendo luxo por quê?

O cão virou-me as costas e tomou o caminho da avenida. Aquela prostituta fizera o mesmo, com igual displicência. Segui atrás, com o bife nas mãos, cheirando a cebola, e suplicando-lhe em voz baixa:

– Aceite, Augusto. Não está ruim. Como um pedaço para lhe provar.

O cão, o miserável cão, nem olhou para trás. Atravessou novamente a avenida. Acreditei, aí, que de fato tivesse dono e que fora ensinado a nada aceitar de estranhos. Acompanhei-o ainda, ridículo com o bife na mão, com o papel todo ensopado de molho. Augusto, ligeiro, retomou a rua pela qual viera. Alcancei-o, sentindo um profundo mal-estar. Como o trecho estivesse deserto, pude falar-lhe:

– Você é um enjoado. Quem pensa que é? Aposto que nem tem onde morar. É um vagabundo como tantos por aí. Ou por acaso nutre alguma vaidade do seu focinho *terrier*?

Passei diante dele e virei a esquina para comprovar sua

total e maldosa indiferença. Dei uns passos e parei. Augusto permaneceu na esquina a olhar-me. Chamei-o, fiz sinais, miei o mais alto que pude, sem resultado. Voltei, então, à esquina, onde ele me esperava com os olhos acesos.

– Afinal, Augusto, quer ou não o bife? Estava até pensando em convidá-lo para morar em meu apartamento, mas já que é tão independente, coma o seu bife e não se toca mais no assunto.

Augusto veio cheirar meus sapatos, as meias curtas e a canela.

– Puxa, que focinho gelado! Esse clima de São Paulo ainda lhe acaba com a vida. Coma o bife. Já está frio e o papel se desfez. Se não quer, jogo-o fora.

O cão parou de cheirar-me. Sentado sobre suas patas traseiras, ouvia-me tranqüilo. Irritou-me um pouco aquela serenidade de filósofo. Não gosto de pessoas e de bichos sem inquietação. Comecei a pensar que Augusto era um bola murcha, um sonado. Joguei o bife a boa distância. Ele bamboleou sobre as patas sujas, passou a língua no bife e depois o abocanhou de uma só vez.

– Afinal! – exclamei. – Que bruta alegria você me dá. Tirou-me um peso da cabeça. Não podia deixá-lo faminto nesta cidade monstruosa. Agora, adeus.

Fui andando, sem olhar para trás, independente, imitando um pouco o jeito de Augusto. Num bar comprei cigarros, embora tivesse um pacote em casa. À saída, olhei de relance e vi Augusto andando em minha direção. Perto da esquina, parei um pouco para encurtar a distância que nos separava. Ouvia o tique-taque de suas patas na calçada.

Mais adiante, uma prostituta mulata me segurou o braço para fazer negócio.

– Vai já pra casa?

– Estou morto de sono.

– Não quer antes ir ao meu quarto?

– Amanhã.

Ela apontou para o chão com certa repugnância.

– É seu esse cachorro?

Olhei, era Augusto, sim, com um olhar que pedia misericórdia. Mas dirigia seus olhos, seus olhos descorados, para a mulher e não para mim, que lhe dera o bife. Entendem, vocês, uma coisa destas?

– Não é meu – respondi, voltando a andar.

Augusto apertou o passo e alcançou-me. Andava e olhava-me. Como é o mundo! Era ele que vinha atrás. Virei uma rua e o cão seguiu-me a pequena distância. Tornou a andar ao meu lado, roçando a minha perna, mais humilde, porém ainda olhando em torno quem sabe na esperança de encontrar conhecidos ou qualquer tipo de atração. O que poderia encontrar na madrugada aquele cão sem dono e sem sorte?

– Você me fez passar um papel ridículo! – disse-lhe eu sentido e com receio que deixasse de me acompanhar. – Se algum conhecido me visse atravessar a avenida com o bife me julgaria doido. Não gosto que riam de mim ou inventem histórias. Na redação, uma vez quase matei um colega porque ele espalhou não sei o quê.

Augusto ouviu-me com atenção. Caminhava comigo como se eu fosse o seu dono, já desligado da noite e da sua mórbida atmosfera. Assim, durante umas três quadras. Perto do edifício onde moro, parei para melhor entendimento.

– Você tem ou não tem casa?

Augusto sacudiu o rabo pela primeira vez: negativo.

– Está com sono?

Nova sacudidela.

– Quer dormir?

Queria.

– Posso chamá-lo de Augusto?

Mais duas sacudidelas, breves.

Estávamos diante do labirinto de vinte andares e duzentos apartamentos onde moro. O zelador dormia. Passamos sem despertá-lo. Entramos no elevador. Estava cansado e com a camisa molhada de suor. Mal abri a porta da quitinete, Augusto entrou.

— É proibido ter cães no prédio — disse-lhe. — Estou arriscando-me por sua causa. Espero que seja bem-agradecido.

II

Moro numa quitinete que sobre outras possui uma única vantagem: a área descoberta de metro e meio onde coloquei velhas cadeiras de vime e uma mesa desbeiçada. De lá vejo a rua, o que às vezes é excitante e multiplica a sensação de liberdade. Curioso: numa das alas do edifício da quitinete, que não possui esse espaço adicional, justamente nessa umas cinco ou seis pessoas se atiraram da janela desde que mudei para cá. Suponho que nem todas teriam chegado a esse extremo se pudessem como eu gozar do prazer de uma pequena área. As paredes comprimem as pessoas, expulsando-as para fora. E a janela também é uma saída. Confesso que também já senti a atração do vôo, mas a área, com seu ar fresco e seus jarros de flores, salvou-me.

Há dezenas de famílias, algumas numerosas, morando nesses cubículos. Vejo muitas crianças, sujas, raquíticas, piolhentas e ruidosas. O sotaque diz que são nordestinos. Não entendo o que essa gente procura em São Paulo. Isto por acaso é uma Canaã? Muito pelo contrário: é um campo de concentração, uma Babilônia sem nenhuma beleza, uma sórdida e desalmada metrópole. As quitinetes menos opressivas são aquelas que não têm propriamente moradores; são os "matadouros", alugados quase sempre por um grupo de rapazes, discretos, silenciosos e anônimos. Um deles (vi pela porta entreaberta) é decorado como um bar sob o toldo de um bulevar parisiense. O sexo é imaginativo. Topo com prostitutas em cada corredor, atarefadas no seu entra-e-sai. São muito bem-comportadas nos elevadores, tentando o disfarce de uma situação familiar. Mas são mais visíveis no verão, como as baratas. Há um paralítico que mora com um sobrinho no quinto andar. As más-línguas dizem que o paralítico é homossexual e que o rapaz não é seu parente. É uma versão que agrada a todos. A polícia de entorpecentes nos faz visitas constantes. Dezenas de quilos de maconha já foram encontradas nessas quitinetes, sem falar nos bolivianos que traziam coca nos saltos dos sapatos. Na quitinete ao lado da minha mora um homem que pesa mais de duzentos quilos. Vive de apresentar-se nos programas de televisão como uma curiosidade gastronômica. É um contraste com a subnutrição da maioria dos inquilinos. Um dos mais melancólicos personagens deste gigantesco cenário é um mágico que mendiga oportunidades nas portas dos circos! Mal ganha para alimentar suas apoteóticas pombas. Na mesma linha de ganha-pão, vive aqui um anãozinho, artista também, que se torna insuportável quando bebe e se põe a chorar pelos corredores. Há muita gente estrangeira, aloirada e malvestida, disposta a fazer qualquer negócio, até os mais desonestos, para ganhar dinheiro. A diversidade de idiomas lembra o convés de um navio; isto é, um transatlântico de terceira classe, um barco de náufragos da sociedade. Mas não imaginem que o desconforto geral une os miseráveis inquilinos. Raramente se cumprimentam, cada um com sua vida e seus dramas. Apenas socializam-se uma vez por ano quando, reunidos no saguão, discutem a contratação de uma empresa de desinfecção para combater a proliferação dos insetos. Ganha essa batalha, que se trava na época de calor mais intenso, ninguém reata o fio da conversa, voltando cada inquilino a seu defensivo isolacionismo. Às vezes concluo que somente por um resto de vaidade não me incluo nessa heterogênea ralé, pois não sei como sou visto por fora, o que pensam e o que dizem de mim os habitantes deste fétido agrupamento.

Vendo Augusto dormir sobre um velho cobertor xadrez, num canto do cubículo, lamentei a falta de um quintal. Os cachorros precisam de espaço e o meu teve a cidade inteira para morar. Observei-o enquanto dormia. Deve ter nascido feio, mas agora está muito pior. O couro do focinho envelheceu. Suas patas calçam uma luva de barro. Os pêlos são pregados uns aos outros por uma cola municipal feita de poeira, terra e neblina. Os olhos, duas úlceras que enxergam. E o rabo é duma sensibilidade precavida, quase um instrumento de defesa. Senhoras e senhores, peço-lhes que reservem um pouco de sua piedade cristã para este pobre cão paulistano, a quem neste momento, tornado presente pela viciosa memória, prometo proteger de todo o mal e dar-lhe todo o carinho e amparo de que tanto necessita.

– Vou lhe dar um belo banho quando acordar – disse em voz alta.

É mesmo um cão boêmio e degenerado. Acordou às onze, com o sol a pino sobre a área, e topou comigo a examiná-lo. Onde se viu um cachorro acordar tão tarde, embora seja sábado? Olhou ao redor, aflito, interrogativo e quase trêmulo. Com certeza, esquecera-se de tudo. Velho e desmemoriado, não lembrava que tinha um dono agora. Joguei-o na banheira. Decerto não apreciou a novidade, mas submeteu-se resignado ao sacrifício. Tive que renovar a água três vezes e gastar meio sabão para remover a sujeira seca que o cobria.

– Nunca vi um cão tão sujo, Augusto. Devia envergonhar-se.

Felizmente havia sol, um belo sol de fim de semana, em toda área onde instalei o hóspede. Depois, fui preparar o desejum: leite, café, queijo e fatias de mortadela. Bebeu e comeu tudo num minuto sem movimentar o rabo. Notei: limpo parecia menor, bem menor. Porém não mais jovem. A água evidenciara ainda mais sua velhice e feiúra. Pensei: "Será que já teve dono algum dia?" Respondi que não. Certamente nascera na rua e na rua permanecera até a noite anterior. Como se livrara da carrocinha até aquela data? Ah, lembrei-me de que sendo um cão do submundo não teria vida diurna, quando os vagabundos são caçados.

– Augusto, você vai viver como um príncipe.

Ouviu, desconfiado. Não era nem afetivo nem simpático. Assim que secou, deu um passeio pelo apartamento e depois foi cheirar a porta da rua.

– Você acostuma. Uma vez ou outra sairemos juntos. Não é um prisioneiro.

Augusto sentou-se sobre as patas traseiras, olhando-me e desejando explicações. Como dispunha de tempo, disse-lhe quem eu era e que profissão exercia. Apenas me deu maior atenção quando lhe contei que não tinha parentes nem amigos íntimos. Era o seu caso, suponho. Mas não me mostrei pessimista ou lamuriento. É desagradável ter um companheiro piegas. Para mostrar-me sociável, coloquei discos na vitrola. Foi cheirá-la. Gostava de música, via-se. Músicas ritmadas, bem populares e simples.

Na hora do almoço, desci e fiz algo que me encheu de satisfação: comprei comida em lata para Augusto. Umas três latinhas muito bonitas. Coisa para cães de luxo. Abri as latas diante dele, para que se impressionasse com minha dedicação. O cão somente tocou o focinho na comida. Voltou a cheirar a porta. Também não saí de casa no sábado e no domingo para que se acostumasse.

Na segunda-feira à tarde tive que ir à redação. Despedi-me de Augusto, apreensivo. Como ele se portaria sozinho? Fui trabalhar e não consegui concentrar-me em nada. Voltei antes do término do expediente: lembrava-me das pessoas que se atiraram da janela. Augusto poderia pular o muro da área. Ao girar a chave na fechadura, estava trêmulo e febril.

Augusto não me recebeu nem com latidos nem com o sacudir do rabo. Mas estava bem desperto. Lançou-me um olhar que não posso esquecer: uma súplica, não um agradecimento. Devia fazer festa, lamber-me as mãos, porém só dizia: "Obrigado pelo que fez, mas me deixe ir embora".

Eu não aceitei o pedido.

– Augusto, vamos conversar. Quer tornar a ser o que era? Não é direito. Todos nós precisamos ter um lar. Você agora tem um. Até lhe comprei comida em lata. E o cobertor? Já tinha dormido num?

Ele ouviu-me sem reações. Mal acabei, foi cheirar a porta.

– Certo, Augusto. Não se pode alterar os hábitos de alguém de um momento para outro.

Saímos juntos. O porteiro estranhou, e eu fingi que o cão não era meu. Fomos caminhando juntos pela rua. Observei que sob meus olhos Augusto não andava com a antiga liberdade. Entravado, capenga, rasteiro.

– Não lhe estou vigiando, Augusto. Apenas faço-lhe companhia.

Durante umas duas horas, demos voltas pelos quarteirões. Permiti que escolhesse os caminhos e andasse um pouco à minha frente. Gostava de parar nas portas dos restaurantes, cinemas e boates. As aglomerações humanas o atraíam. Um molambo que vendia flores brincou com ele, já se conheciam. Olhava com interesse para os notívagos das esquinas, mas passava pelos policiais de cabeça baixa, como se os temesse. Ao cruzar com uma meretriz, mesmo sem receber carinho, agitou o rabo. Nem comigo, que o salvara, fora tão espontâneo naqueles dois dias. Seria atração sexual? Mas não olhava as mulheres que não pertencessem àquela triste condição. Da mesma forma, ignorava os homens que andavam apressados, com destino certo.

Cansado, fui me encaminhando para o edifício. Ele atrás, com a cabeça baixa. Sem pressa nem vontade de chegar. Expliquei-lhe que pretendia levantar cedo no dia seguinte. Ao entrarmos, foi incontinenti para a área, ver a rua. Dei-lhe um pires de leite. Não tomou.

— Magoado comigo? Fiz-lhe alguma coisa? Por que essa cara, Augusto?

Acho que fingiu não meu ouvir. Deitou-se longe do cobertor e fechou os olhos. No meio da noite, acordei e fui espiá-lo. Estava estendido no ladrilho da área com os olhos abertos. Parecia concentrado no ruído distante dos bondes e dos carros. Cobri-o com um pano e tornei à cama. "Devia tê-lo beijado", pensei. Quase me levantei de novo para fazê-lo, porém tinha sono.

III

Acordei mal-humorado, resolvido a tratar Augusto com muita ou toda a frieza. Dei-lhe leite e pão sem agradinhos e fui sentar-me à mesa da área, continuando a tradução de um romance policial indigno. Augusto não me faria esquecer as obrigações. Trabalhei, sisudo, até a hora de ir ao jornal. Preciso, sei como, dessas traduções. O ordenado que me pagam no vespertino é de dar pena, e o aluguel da quitinete quase dobrou neste ano. Graças às traduções e ao meu precário conhecimento de inglês, e ao mais precário ainda do meu editor, posso me vestir, freqüentar cinemas e os musicais. É vulgar, não me censurem, mas adoro o teatro rebolado. Costumo ir de óculos escuros e depois de iniciadas as sessões. No mês de dezembro, armo minha árvore de Natal, talvez a única do prédio, que pode ser observada com inveja pelos que moram no edifício fronteiro. Também dou presentinhos a algumas mulheres que fazem ponto nas redondezas. Compro champanha, frutas natalinas e tudo o mais. Esses prazeres me custam dinheiro.

Aquela tarde, saí sem falar ou olhar para Augusto. Queria magoá-lo. Voltei da redação mais tarde que habitualmente. Ao abrir a porta, porém, topei com uma cena que me cortou o coração e fez-me esquecer o ódio. Augusto, com o focinho pontudo, arrastava a tigela de água pelo apartamento, tão seca como sua língua.

– Isso não acontecerá mais, Augusto. Saí depressa, por causa de nossa rusga, e não lembrei da água.

Suponho, não sei por que, que esse pequeno incidente favoreceria nossa intimidade, ataquei meu conhaque. O álcool me solta a língua. Embriagado e comunicativo, contei a Augusto toda minha vida, mesmo os lances mais particulares. Foi uma ilusão. Não o sensibilizei. Ao concluir o primeira semana de convívio, descobri que fizera Augusto infeliz. Engordara, melhorara de pêlo, mas não se sentia bem.

Numa noite, desci com Augusto e fomos até uma das ruas que adorava freqüentar.

– Caro Augusto, tive muito prazer em conhecê-lo, mas não quero mais lhe encher o saco. Vá embora.

Augusto andou meio quarteirão, parou e ficou me observando. Num impulso, fiz meia-volta, atingi a avenida e entrei num cinema sem saber qual o filme que passava. Mas, uma vez sentado, consegui interessar-me por ele e me distraí. Na saída, fui a um restaurante dos mais caros. Por lá Augusto não passava. Depois, sem programa, dei umas voltas pela Vila Buarque. Quase que uma prostituta consegue arrastar-me para seu quarto: desembaracei-me dela com um empurrão violento. Juro: não pretendia ver Augusto novamente e se cruzei as ruas do seu mundo foi apenas levado pelo desejo de andar.

IV

Daquela noite em diante, voltei a correr a Vila Buarque antes de ir dormir. Uns quinze dias mais tarde, precisamente numa meia-noite, vi um cão ordinário que me pareceu Augusto e era ele mesmo. Que sujeira, que estado lamentável! Na porta de um bar sórdido, um bêbado dividia com ele um sanduíche. Passei pelo bar em linha reta, junto ao meio-fio. Não me viu. Chegando à esquina, voltei e entrei no bar para comprar cigarros, sempre sem olhar para o maldito cachorro. Saí do bar em passos normais, quase roçando no bêbado.

O cão latiu, reconhecendo-me. Parei.

– Augusto? Como vai a vida?

O cachorro cheirou meus sapatos, apoiou-se em minhas pernas com suas patas sujas. Seus olhos fundos emitiam uma luz alegre e mantinha a boca aberta, como se sorrisse. Acariciei-lhe a cabeça, desejei-lhe boa-noite (com ironia) e voltei-lhe as costas. Fui andando devagar. O tiquetaque das patas me seguiu.

– Quer dar um pulo em casa, Augusto? Um pouco de leite vai bem. Ou prefere um bife?

Augusto foi caminhando no meu lado, rabo baixo, cabeça curvada, alguém que enfrentava dias difíceis. Em silêncio chegamos à porta do edifício. O porteiro não quis deixar entrar e recusou o primeiro suborno de dez cruzeiros. Paguei-lhe vinte para dar um teto ao pobre animal.

– Está com sorte, Augusto. Veja o que encontrei.

Era uma lata de carne para cachorros. Preparei um pequeno banquete. Muito contente, excedi-me no conhaque, esquecendo as advertências do médico, que me implorara não beber mais. O fígado está em pandarecos e por causa da bebida perdi vários empregos: aquela, porém, era uma ocasião especialíssima. Tão entusiasmado, desci para comprar mais um litro de conhaque. Ao voltar, vi com tristeza que Augusto não me esperara! Dormia como um chumbo sobre o cobertor da área.

Uma noite sim, outra não, saía com o cão para longas voltas pela noite adentro. Ele era incansável e tinha necessidade de andar. Perguntei-lhe se precisava de fêmeas. Engano meu: não dava importância a elas, talvez devido à sua idade avançada. Constatei, porém, que as cadelas não gostavam dele, evitando-o sistematicamente. Injusto. Augusto, quando bem tratado, até que não era um bicho repelente.

– Você é um desajeitado – disse-lhe, andando a seu lado. – Com um pouco de insistência, teria emprenhado aquela bassê. É um complexado. Já era assim quando jovem?

Com o tempo Augusto voltou a mostrar-se insaciável. Na verdade, nunca fora o companheiro ideal. Eu errara em valorizá-lo demais. Deixou de lamber-me as mãos, chateado de viver naquele retângulo. Desprezava o cobertor, preferindo dormir no ladrilho, e não queria leite. Quando eu voltava do trabalho, não me saudava com o rabo, novamente paralítico. Ficava o tempo todo na área a olhar a rua. Numa noite, inesquecível para mim, recusou-se a sair. Abri a porta: ele refugiou-se no banheiro. Com isso queria dizer que não lhe interessava um mero passeio.

Perdi o controle:

— Não me faça desaforos, Augusto. Pensa que imploro sua companhia? Tenho amigos e já tive até uma amante. Para mim você não passa de um cão vagabundo. Posso ter muita gente para conversar. Escrevo para jornais e já publiquei um livro. E você? Quem é você, afinal de contas?

Não imaginem, pelo amor de Deus, que eu levava a vida preocupado com esse cão sarnento. Muitas vezes, antes de ir ao jornal, sentava-me nos bares abertos da São Luís e tomava Campari ou finalô. Certa vez, um conhecido me reconheceu, sentou-se ao meu lado e batemos um papo muito agradável sobre minérios, guerrilhas e mulheres. Queria que Augusto visse. Marcamos encontro para dois dias mais tarde. Mas todos têm nesta cidade cruel vida atribulada e ele não pôde comparecer. Também não sou tímido a ponto de fugir das mulheres. Há uma prostituta da Vila Buarque a quem chamo de Naná. Ela foi bailarina de *taxi-girl* em melhores dias e sempre tem o que contar.

— Vá ao meu apartamento sábado. Controlo o porteiro.

Não estava lá muito atraído por Naná, mas queria mostrá-la ao maldito cachorro. Certamente me julgava um pobre-diabo, sem relações sociais. Pedi a Naná que vestisse seu melhor vestido, pois programara um restaurante de luxo. Dei-lhe dinheiro adiantado.

— Você está querendo apresentar-me a alguém?

Realmente, no sábado, na hora marcada, Naná tocou a campainha de minha quitinete. Um belo vestido e um perfume sufocante.

— Vá entrando, princesa.

Já preparara dois finalôs terrivelmente gelados. Lancei um olhar futivo para Augusto, que abandonara a área para passear em torno da visitante.

— Que cachorro feio! É seu?

— Não é tão feio assim, se vê logo que é um *fox-terrier*.

– Tem pulgas?

– Toma três banhos por semana com sabão de enxofre.

Naná não acreditou em mim e afastou Augusto de suas pernas. Gostei de ver a humilhação. O cão foi esticar-se na área fresca, com o focinho no ladrilho, voltado para Naná. Puxei um *pufe* para perto dela e começamos a conversar. A mulher ergueu-se de sua cadeira e veio dividir o *pufe* comigo, formando um perfeito parzinho romântico. Parecia coisa ensaiada.

– Veja como ele nos olha – observou Naná.

– Não ligue.

– Um cão antipático.

Acariciei Naná e beijei-a. Estava calor, ela tirou o vestido, eu a camisa esporte. Ela decidiu tirar o *sutiã*, eu tirei as calças. Aí a meretriz fez um protesto:

– Com ele a nos olhar, não.

Pedi a Augusto que entrasse no banheiro. Ele resistiu, mesmo quando insisti. Agarrei-o com força e atirei-o como uma coisa no banheiro. Fiz mais: tranquei a porta.

– Assim, sim – disse Naná, tirando o resto da roupa.

Durante umas duas horas, eu e Naná estivemos largados no tapete. De quando em quando, eu ia à cozinha buscar mais bebida e encostava o ouvido na porta do banheiro. Amarramos um porre daqueles. Às onze, saímos, famintos. Mas não soltei Augusto, talvez por esquecimento. Voltei para a quitinete com os primeiros raios de sol. Augusto rosnava. Que tortura para um cão claustrófobo! Mesmo assim não o libertei. Caí no sofá e só despertei às duas da tarde. E para aborrecê-lo ainda mais fiquei uma hora passeando de um lado e de outro.

Ao abrir a porta, afastei-me. Não foi imediatamente que vi o horrendo focinho junto ao batente. Saiu do banheiro e moveu-se até a área, sem olhar-me. Sua tigela estava vazia; enchi-a de água fresca. Mas o cão, apesar de boca seca, ignorou o socorro. Desci para comprar comida, e, no lugar das latas, cujo conteúdo Augusto pouco apreciava, comprei um frango. Fiz uma extravagância: piquei o frango e larguei-o no prato do cão; o cheiro bom invadiu o apartamento todo. Mas ele nem o tocou.

Foi aquela uma tarde horrível. Os dois juntos, no estreito retângulo, um sem tomar conhecimento do outro. À noite, não saí. Fiquei na cama, lendo Mailer, a olhar o bicho com o canto dos olhos. O canalha parecia dormir, porém estava bem acordado; já conhecia seus truques. Ao apagar a luz, de madrugada, já sabia que essa situação não podia continuar.

V

Minha derradeira tentativa de entendimento foi pueril: uma bola de borracha. Dinheiro jogado fora, Augusto não gostava de brinquedos. Somente pessoas o interessavam.

— Augusto, você não gosta mesmo daqui. Não vamos discutir as razões. Talvez eu também detestasse a prisão num cubículo. Minhas intenções foram das melhores. E, quanto àquele dia que o tranquei no banheiro, juro que foi uma confusão. Pretendia soltá-lo antes de sair com aquela vagabunda.

O cão não quis conversa, não aceitou as desculpas. Meia hora depois, estávamos justamente no ponto onde o encontrei pela primeira vez. Ensaiei uma despedida sentimental e ridícula.

— Você está livre, Augusto. Vá viver sua vida. Agora, se for por causa de Naná, prometo não levá-la mais para casa. A amizade dela não me interessa. A vigarista quer apenas o meu dinheiro.

Creio que nem ouviu tudo, com pressa de afastar-se de mim. Incontinenti fui procurar Naná e tive a boa sorte de encontrá-la. Tomamos uns venenos e dançamos no inferninho onde trabalhava.

– Quer ir ao meu apartamento?

– O pulguento ainda está lá?

– Acabo de enxotá-lo.

Quando entrei com Naná na quitinete, ela me pareceu ainda menor, mais sufocante e solta no espaço. Lembrei-me de Augusto preso no banheiro e tive, confesso, tanta pena que o divertimento não valeu. O coitado do cão ficara lá durante dezesseis horas sem água. Sua zanga tinha razão de ser.

A ausência de Augusto, porém, me trouxe alívio. Por causa dele, eu me prendia excessivamente no quarto. Voltei a ter encontros com Naná pelo menos uma vez por semana. Num bar, conheci um cavalheiro estudioso que dizia conhecer tudo sobre a colonização holandesa. Chamava-se Bernardo, e se bem fosse criatura simpática e comunicativa, carregava uma grande mágoa na alma:

– O desastre, escute bem, foi termos expulsado aquela gente.

– Que gente, Bernardo?

– Os holandeses, eu falo.

Bebia muito, com marra, e esse episódio histórico, tão irremediável, tornava-o taciturno, quando não agressivo. Baixava a cabeça, com os olhos no fundo do copo, e apenas se movia para novas doses. Poucas, sim, mas longas, sofridas, abismais. Eu tentava sentir toda a extensão daquela dor. Sinceramente, pedia-lhe informações, que terminavam com um refrão:

– Ora, Bernardo, isso faz séculos...

Bernardo devia achar pueril minha argumentação, tanto que não a rebatia. Olhava a distância, como se visse as fragatas holandesas afastando-se das praias, levando com elas a cultura, a civilização e o futuro.

217

– Vou lhe mostrar uma relíquia – prometeu-me no ouvido.

Tirou do bolso uma moeda no desgaste de sua forma esférica.

– Quem é esse?

– Nassau.

– Simpático.

Bernardo devolveu a moeda ao bolso sem dar-me tempo a exame mais detido. Era ciumento.

– Este país só teve um homem decente – explicou-me. – Calabar.

– Não foi um traidor?

– Calabar, eu falo.

Não quis discutir, a história não é o meu forte. Depois, incomodavam-me aqueles olhos fitando a mim e minha ignorância de tão perto. Pedi-lhe que me deixasse ver outra vez a moeda, como se pudesse chegar pelo tato aos conhecimentos que me faltavam. Ignorou a solicitação, considerando a inutilidade do meu esforço.

Tivemos vários encontros. No terceiro, tendo passado pela biblioteca, papagueei alguns nomes de batalhas e respectivas datas da invasão holandesa. Não lhe causei a impressão desejada. Até piorei tudo. Para certas pessoas, alguns sabichões, é melhor não saber nada do que saber pouco.

– Nunca lhe falei de Augusto? – indaguei.

Talvez por julgar meu companheiro suficientemente louco para entender certas histórias ou um solitário como tantos, contei-lhe tudo que pude sobre o maldito cão que alojei em minha casa. Bernardo (tinha olhos de manequim, já devia ter dito) ouviu-me com o maior espanto e apreensão. Creio que ficou com medo de mim.

– O senhor fala de um cachorro?

– Não aprecia os cães?

– Preciso telefonar – disse ele. – Volto num minuto.

Bernardo levantou-se, com estudada naturalidade, e entrou no bar. Fiquei à sua espera mais de uma hora, jogando pedras de gelo num copo de Campari. Inútil espera. O admirador de Calabar tinha se safado. Não se pode confiar num homem que presta culto a um traidor. No entanto, apesar desse gesto anti-social, procurei Bernardo durante algumas noites pelos bares abertos.

O que houve depois foi um cansaço. Um ódio permanente por esta cidade, uma vontade de conhecer novos lugares e pessoas nos trens. As relações casuais sempre me divertiram. Lembro-me que cheguei a propor ao secretário do jornal que me mandasse fazer reportagens fora da cidade.

– Está se sentindo melhor? – perguntou.

– Estou muito bem agora – respondi com firmeza.

– Não esquecerei seu pedido. Aguarde.

Retornei ao meu hábito de passear pela cidade até de madrugada. Sempre desinteressado, à espera de que o jornal me convidasse para uma longínqua reportagem, vagava pelas ruas. Dei de procurar Naná com insistência, mas ela andava sumida. Soube mais tarde, por seu próprio intermédio, que um velhote alemão não lhe dava folga, tentando seduzi-la com a exibição de um carunchado Citroën. Fiz-lhe uma proposta séria:

– Venha morar comigo. Mude hoje mesmo.

– Morar naquele apartamento?

– É limpo e tem uma área!

– Não agüentaria uma semana. Ficaria doida.

Meus amigos e compatriotas, não sou culpado de morar num apartamento tão pequeno. O Brasil é um dos maiores países do mundo em comprimento e largura. O Atlântico é nossa banheira. As residências poderiam ser térreas, ajardinadas, espaçosas e baratas. Gostaria de ver o carteiro todas as manhãs em seu uniforme limpo, rodeado de crianças e cachorros. Mas há toda uma arquitetura do desconforto solidamente organizada, que deve render bilhões. Há cérebros eletrônicos para limitar nosso espaço vital. As antigas casas dos nosso avós, com cômodos para fantasmas, não existem mais. O *living* engoliu o quarto. A sala de jantar é um luxo. Descobriram a inutilidade da cozinha. Os corredores só levam ao desperdício. Resta apenas como espaço secreto o banheiro. Mas é provisório. Logo teremos que fazer as necessidades físicas diante das visitas. Na guerra não há esses pudores. Estamos sendo apertados entre paredes como nos filmes de terror. Outro dia, mais um suicídio. Não sei se falei do mágico. O coitado apanhou um reumatismo e não pôde mais sair, ele que era motomaníaco igual a mim. Vi-o na calçada em seu *smoking* roto e ensebado, exposto a pilhérias grosseiras. No bolso, trazia um baralho que revelava a ingenuidade dos seus truques. Uma pomba, a última de sua fase de ouro, acompanhou-o até o meio do caminho, depois foi pousar num fio elétrico. Somente abandonou seu acrobático posto quando levaram o corpo do dono. Senhores arquitetos, neguem-se a traçar com seu talento essas gaiolas malditas, essas gélidas colméias, essas despóticas senzalas. Não transformem nosso desconforto em lucros. Nem os homens em moradores. Como viram, nem os ilusionistas podem suportar a compressão dessas paredes.

A morte do mágico obrigou-me a pensar em Augusto. Julguei tê-lo entendido. Não era a mim que o pobre cão odiava, mas a quitinete. Se eu morasse numa bela casa, com certeza seria meu amigo. Os cães, quando vivem bem, fazem amizade até com os gatos. São deliciosamente interesseiros. Mas, preso num cubículo, reconheci, não podia aceitar-me. Talvez eu conseguisse mais espaço morando no subúrbio. Decidi procurar Augusto. Todas as noites per-

220

corria as ruas da Boca do Lixo. Durante um mês, nada. Mas sou insistente. Acabei por reencontrá-lo.

VI

Foi numa esquina.

– Que surpresa, Augusto!

O cachorro não me deu bola.

– Já esqueceu de mim, Augusto?

Não esquecera: provou-o baixando a cabeça e afastando-se ligeiro.

Confesso que jamais senti tanto ódio. Afinal, vivera à minha custa, comera carne enlatada e até frango. Dormira sobre um cobertor tratado como se fosse gente. Esse cão ingrato merecia um castigo. Na noite seguinte, voltava à Vila Buarque para encontrá-lo. Queria dar-lhe um pontapé. Aleijá-lo, sim.

A procura demorou uns quinze dias. Foi numa noite de garoa que o vi farejando uma lata de lixo. Não havia ninguém perto. Aproximei-me.

– Venha aqui, Augusto. Precisamos conversar.

Mal me viu, foi tomando, cauteloso, o rumo da avenida. Fui atrás, fiquei a seu lado.

– Comendo lixo? Está com fome, Augusto? Lá adiante há um restaurante. Vou lhe comprar um bife.

Quando entrei no estabelecimento, Augusto, embora tivesse me entendido, disparou. Parecia ter visto o diabo.

Fui para casa e sentei-me à máquina de escrever: "Cães vagabundos, provavelmente hidrófobos, vagueiam à noite pelas ruas da Vila Buarque. Várias pessoas já foram mordidas. A Prefeitura precisa tomar providências com toda urgência". Era uma abaixo-assinado que correu o prédio todo pelas mãos do zelador, generosamente gratificado.

Levei o abaixo-assinado ao jornal e apresentei-o ao secretário, pedindo bom destaque.

– É matéria muito corriqueira.

– O senhor não viu as pessoas mordidas. Duas estão entre a vida e a morte.

No dia seguinte, a matéria saía. Recortei uns vinte exemplares e enviei a notícia a todos os jornais e emissoras de rádio. O abaixo-assinado, eu mesmo levei ao gabinete do prefeito, solicitando, dramaticamente, que a carrocinha desse uma busca pelas ruas mencionadas no documento.

À noite, saía para a minha ronda. Como visse alguns cães pelas ruas, resolvi pressionar o prefeito com sucessivos e aflitos telefonemas. Apenas me dei por satisfeito quando vi uma lágrima nos olhos do dono de um boteco da Boca, também conhecido como "a boate do cachorro". O português, possesso, maldizia a carrocinha. Seu enorme cão preto, uma espécie de leão-de-chácara do estabelecimento, havia sido caçado naquela noite. Tão esperançoso fiquei que fui comemorar o fato enchendo a cara no primeiro antro.

Mostrei minha carteira de jornalista e atravessei o portão do canil da Prefeitura. Lá estava a plebe da sociedade canina, os lumpens da raça: enferidados, magros, famintos, desdentados, vagabundos e loucos. Raros eram salvos da câmara de gás, pois a maioria não tinha dono. Tive a impressão de que todos sabiam o destino que lhes seria reservado. Por isso latiam e debatiam-se contra as grades. Uma cadela havia dado cria naquele instante: iria com os filhotes para a câmara. Um garoto de cabelos revoltos reconhecia o seu cão, um buldogue, no meio da cachorrada. Fui passando pelos canis, na expectativa, aspirando o cheiro gasto dos cães e encarando lentamente aquelas caras em pânico.

– Augusto! – exclamei.

Era ele, o condenado, com seu focinho morto, seus olhos sem brilho e introspectivos, sua apatia e conformismo. Mas, ao ver-me, que súbita transformação! Pôs-se a saltar atrás das grades, abrindo toda a boca, desesperado e feliz, vendo em mim o amigo, o herói e o salvador. O cão, por entre as grades, lambeu-me as mãos.

– Querem mandá-lo para a câmara de gás – bradei, com voz encorpada, para que não tivesse dúvidas.

Augusto continuou a lamber-me as mãos, humilde, grato e afetivo.

– É seu esse cachorro? – perguntou um dos guardas.

– Solte-o! Pago quanto for preciso.

Quando a jaula foi aberta, Augusto saltou sobre mim, alucinado! Aquilo era alegria! Curvei-me para beijá-lo e ergui-o nos braços, sentindo-o mais leve. Pela primeira vez trocamos afetos verdadeiros e acreditei que dali por diante seria sempre assim. Paguei o que devia pagar, saímos, ele desenferrujando o rabo. Na rua, feliz, mas cauteloso, comprei uma coleira e uma corrente para Augusto. Havia um gravador ali perto: pedi que gravasse numa chapinha da coleira o nome do meu cão.

Augusto estranhou a coleira apenas um minuto, aceitando depressa a nova situação. Ao passarmos pelo armazém, fiz uma apreciável despesa, comprando um sortimento de latas de alimentos para cães. Pensei também em vaciná-lo.

No apartamento, disse-lhe com voz embargada:

– Livrei-o de boa, meu caro. Iam matá-lo a gás como fizeram com Chesmann e cinco milhões de judeus. Mas tive a intuição e salvei-o em cima da hora. Quero que morra de velhice. Prometo-lhe um túmulo digno num cemitério de cães. Mas há um porém: você não poderá ficar mais na rua como um cão sem dono. Aqui é seu lar.

Augusto era inteligente: entendeu tudo. Submeteu-se com a maior boa vontade ao banho, tomou sol na área sem pisar o assoalho com as patas molhadas e comeu sua papinha de leite com uma voracidade que me comoveu.

À noite, quando voltei da redação, recebeu-me com

festa, como todos os cães fazem a seus donos. Coloquei discos na vitrola e saí para comprar conhaque para mim e salsichas para ele.

Na mesma semana, encontrei Naná.

– Olhe, aquele senhor alemão não tem aparecido mais.

– E daí?

– Apareça esta noite na boate.

– Não posso.

– Quer que vá ao seu apartamento?

– Você disse que ele é abafado, não disse? Não precisa ir. Adeus.

Não sou do tipo que dá muito expediente às prostitutas. Escrevo em jornal, tenho um livro publicado e levo uma vida normal. Além do mais, não queria que Augusto esperasse muito por mim, pois programara um passeio de coleira.

Mentiria se dissesse que Augusto morria de satisfação quando o prendia à corrente, mas era evidente que fazia esforço para mudar seus hábitos. Na verdade, não o conduzia pelas ruas malditas dos boêmios e marginais. Preferia as praças, as vias arborizadas e burguesas e as imediações dos colégios.

Mas a história não acaba aqui.

VII

Como já disse, o regulamento do edifício não permitia que os inquilinos tivessem animais. Isso custou-me uma taxa de suborno. Não me importei. As noites de solidão haviam acabado. Quando regressara do jornal, sabia que ia encontrar Augusto à minha espera. Meu maior entretenimento era dar-lhe grandes banhos de espuma. Certa manhã, levei-o a um hospital de cães, onde lhe extraíram uns dentes podres e o vacinaram. Seu mau hálito desapareceu. O veterinário receitou um pozinho vitamínico para adicionar às refeições do cão, e cheguei a assinar uma famosa revista norte-americana sobre *cats and dogs*. Claro que não pretendia que vencesse nenhum concurso de beleza, mas o queria sadio e disposto.

Foi um período bom de verdade. Até no jornal fiz progresso. Infelizmente, tive que recusar um pedido do secretário que queria me mandar para o Nordeste. Onde deixaria Augusto? Perdi uma grande oportunidade sem lamentação.

Lembro-me também de uma tarde em que ia andando pela avenida quando vi o Bernardo. Apressei o passo, alcancei-o e bradei, face a face:

— Calabar foi traidor! Você é um doido!

É o diabo que vira as coisas. Quando menos esperava, Augusto voltou a cheirar a porta e, ao ouvir a primeira reprimenda, foi dormir no ladrilho, seu grande sinal de rebeldia. Deixou de acordar-me com sua língua comprida e o rabo imobilizou-se outra vez. Comia somente o essencial e receei que ensaiava uma greve de fome. Não me encarava, mais taciturno que antes, mais ressentido e sombrio. Nossa convivência voltou a ser intolerável e naufragada. Certamente fiz minhas desfeitas: dormi uma noite no hotel só para observar no dia seguinte o focinho dele. Nem se importou. Num sábado, cheio de conhaque, larguei-me teatralmente no chão, fingindo-me morto. O desgraçado foi para a área e esperou calmamente que eu me levantasse. Durante uma semana só lhe dei ossos e água suja. Emagreceu, mas não estrilou. Passou a me ignorar como se nunca me tivesse visto.

— Vamos sair, Augusto.

Abri a porta e ele saiu normalmente. Ganhamos a rua. Ele foi andando à minha frente, de cabeça baixa, sem a coleira, barriga no chão. Ao ver uma prostituta, fez-lhe festa: a mesma que na primeira noite saudara com o rabo. Então, disparou. Como uma flecha. Perdi-o de vista num instante. Já esperava por esta. Fiz meia-volta e fui ao encalço da mulher. Antes que ela atingisse a avenida, abordei-a.

— O que faz esta noite?

— Você é quem faz o programa – respondeu. – Tem apartamento?

— Você tem?

— Um quartinho lá na Boca.

Eu queria conhecer seu ambiente, investigar. Fomos. Era um quarto acanhado, repleto de bibelôs, santos e toalhinhas. Um cinzeiro com mil pontas de cigarro. Foi um sacrifício possuí-la naquela estúpida noite de calor.

Depois, as perguntas:

— Conhece aquele cachorro?

— Que cachorro?

— O que lhe fez festa.

Ela riu, lembrando.

— Ah, o Piloto?

— Chama-se Piloto?

— É como o chamamos.

— Tem dono?

— Coitado! Quem ia querer ele?

— Dizem que foi preso pela carrocinha e que o soltaram.

— Ninguém faria isso.

— Gosta dele?

— Gosto de cães, mas prefiro gatos.

— E ele gosta de você?

— O Piloto?

— É dele que estamos falando, não? Responda: ele gosta de você?

A mulher, já irritada, sacudiu os ombros.

— Ele gosta de todo o mundo.

— É mentira! Não gosta de todos.

– O quê?

– Disse que não gosta de todos.

– Mas o que está querendo saber?

Ela estava sentada diante do espelho com uma vasta cara de imbecil. Devia camuflar informações, mas era evidente que pertencia ao clã de Augusto. Resolvi parar por aí. Atirei um dinheiro sobre a cama e desapareci.

Voltei a rondar os quarteirões. A um vagabundo perguntei se vira o Piloto, o homem abriu a bocarra num vasto sorriso, como se eu lhe tivesse perguntado de um parente, e respondeu que não. Piloto às vezes desaparecia de circulação, era tido como morto e depois aparecia, sempre mais velho e mais feio.

Perdi semanas nessa procura. Num sábado, depois da meia-noite, vi Augusto sair de um bar, mastigando alguma coisa. Segui atrás, cauteloso. Mesmo sem olhar, pressentiu minha aproximação. Apertou os passos, rente à parede, barriga colada no chão, como um bassê, rabo na calçada, orelhas baixas, captando o som ardiloso dos meus passos. Num impulso, alcancei-o.

– Sou eu! – bradei.

Augusto ou Piloto parou, espantado. Rosnou ameaçadoramente, mas era um covarde: virou-se para correr em sentido contrário. Saquei o revólver: dois disparos rápidos. Vi o cão saltar e depois correr em ziguezague com a malícia de um delinqüente perseguido pela polícia. Corri também e suponho que voltei a atirar. Um guarda apitou e me deteve.

Na delegacia, menti que fora vítima de um assalto. Atirara em legítima defesa. Possuía porte de arma, folha limpa e era jornalista. Pediram-me que fizesse o retrato falado do assaltante. Divertindo-me, fiz uma descrição pormenorizada, incluindo alguns traços característicos de Augusto.

– Vocês o apanharão, estou certo.

Não voltei para o apartamento. Mal sugiu o sol, retornei ao trecho onde atirara em Augusto. Procurava algo e encontrei: sangue. Ao menos, o havia atingido. Era um consolo.

Na noite seguinte, topei com o vendedor de flores que me parecera amigo de Augusto.

— Uma rosa, cavalheiro?

— Pago muito mais por uma informação.

— Fale, conheço todas as mariposas da Boca.

Olhei-o bem sério.

— É sobre um cão. Conhece o Piloto?

— Conheço.

— Quando o viu pela última vez?

— Ontem. Estava machucado.

— Acha que morreu?

— Esses cães vagabundos são fortes.

Aí inventei uma bela história: Piloto mordera um garotinho que morrera em conseqüência. O cão estava hidrófobo. Um perigo para todos. O vendedor de flores ouvia atento, mas incrédulo. Resolvi convencê-lo de outra maneira.

— Pago cinqüenta cruzeiros a quem matá-lo. Mas quero ver o corpo.

— Não tenho coragem.

— Então amarre-o e me traga. Vou deixar meu endereço com você. Se outra pessoa, amiga sua, também encontrá-lo, receberá a gratificação.

Era o começo. Falei com porteiros de inferninhos, garçons de boates, vigias de obras, traficantes de maconha, músicos de espeluncas, mariposas, sujeitos mal-encarados sem profissão definida e um tira da polícia que explorava o lenocínio. Esse trabalho custou-me uma semana de trabalho paciente e determinado. Com quantas pessoas falei? Umas cem, provavelmente. Boa parte delas conhecia ou dizia conhecer o Piloto.

Por último, fui procurar aquela meretriz que já interrogara. Contei a história da hidrofobia e ofereci-lhe os cinqüenta pacotes. Mas não contava com a reação.

– Saia daqui, monstro!

– O que está falando?

– Não faço isso!

– Dou-lhe cem.

– Nem por um milhão.

– Ele está espalhando uma doença contagiosa pela cidade.

– Que espalhe! A mim não vai morder. Agora, saia!

Creio que agi com inteligência! Joguei os próprios amigos de Augusto contra ele. Ele, que confiava tanto nessa gente! Sempre que voltava à minha ronda, encontrava um desses lumpens na esquina, assobiando, cordial, sorridente, à espera de Augusto para matá-lo. O manobrista de um estacionamento mostrou-me uma barra de ferro com a qual pretendia esmagar a cabeça do cão. O porteiro de uma casa noturna todas as noites aparecia com um bife envenenado. Um traficante de maconha piscou seu olho congestionado e apalpou o revólver sob o paletó. Engraçado foi uma pedinte que levava uma faca enferrujada numa sacola com o mesmo fim. Um verdadeiro exército de marginais numa estranha gincana dentro da madrugada.

Na noite em que a caçada completava uma semana, bateram na porta de minha quitinete. Era o vendedor de flores:

– Parece que apanharam o cachorro.

– Se for positivo, você terá uma gratificação pelo aviso.

O rapaz levou-me para uma das esquinas do roteiro sórdido de Augusto. Lá estavam um garçom (amigo de Augusto, amigo do peito!) e um corcunda que vivia de dar sorte correndo os antros da Boca. Nem me lembrava de ter falado com ele. Na calçada vi Augusto ou Piloto com a cabeça esmagada.

– Como foi?

– Uma emboscada – disse o garçom.

– O senhor vai mesmo dar o dinheiro? – inquiria o malvado corcunda.

– Vamos aos detalhes – exigi. – Como foi a emboscada? Contem tudo. Por onde ele vinha? Por lá?

A contragosto, os dois fizeram a reconstituição. Augusto atravessara a Boca do Lixo sem ser visto, apesar da vigilância. O garçom, na porta da boate, percebeu um cão que se aproximava mancando. Mas logo atrás dele já caminhava o corcunda com um paralelepípedo nas mãos. Ia arremessá-lo, embora com receio de errar o alvo. O garçom fez-lhe um sinal e começou a brincar com Piloto, acariciando-lhe a cabeça premiada e forçando-o a deitar na calçada a fim de dificultar-lhe os movimentos. O corcunda, chegando-se, ergueu o paralelepípedo o mais que pôde e apesar do seu infeliz defeito foi bem-sucedido.

Não precisava ouvir mais nada: vinte e cinco cruzeiros para o garçom, mais vinte e cinco para o corcunda e dez para o vendedor de flores.

– Vamos jogá-lo na lata de lixo – disse o garçom.

– Vou levá-lo – respondi. – Não toquem nele, vocês.

Afastei-me com Piloto estendido nos meus braços, como se carregasse uma criança. Parecia um sonâmbulo. Fui atravessando a Boca, acompanhado pelo corcunda e alguns vagabundos que a ele se juntavam. Não sei quantos eram. A tal meretriz saía da sua cabeça-de-porco quando me viu. Pôs-se a dirigir-me palavras de baixo calão. Não lhe dei trela. Atrás de mim, ia parte dos amigos e perseguidores de Augusto, ainda com suas armas. Fiz sinal ao vendedor de flores para que me desse uma rosa. O porteiro do edifício tentou impedir que eu entrasse com o cachorro morto, mas empurrei-o com a mão esquerda.

Na quitinete fiz o cadáver repousar sobre minha própria cama. Não lhe tinha mais rancores. Perdoei-o por tudo que me fez naqueles meses. Pensei em embalsamar o meu amigo. Porém não sei como isso se faz. Resolvi enterrá-lo no belo cemitério de cães de nossa cidade. Saiu caro a extravagância. O jornal relutou, porém me adiantou uma quinzena do ordenado. Além da compra do terreno, mandei fazer um túmulo, não dos mais ricos, embora majestoso, com muito mármore, uma cruz e um epitáfio. Com que dificuldade o redigi, sempre muito piegas e excessivo. Ficou assim: "Aqui jaz Augusto, que foi para seu dono um amigo perfeito". Concluído o túmulo, que ainda pago em horas extras no jornal, tirei fotografias. Uma delas, ampliada e colorida, está à minha cabeceira. Semanalmente, vou levar-lhe flores. Passo longo tempo enfeitando o túmulo, sempre o mais florido daquela quadra.

BIOGRAFIA

Marcos Rey, pseudônimo de Edmundo Donato, nasceu em São Paulo, 1925, cidade que sempre foi o cenário de seus contos e romances. Estreou em 1953 com a novela *Um gato no triângulo*. Apenas sete anos depois publicaria o romande *Café na cama*, um dos *best-sellers* dos anos 60. Seguiram-se *Entre sem bater, O enterro da cafetina, Memórias de um gigolô, Ópera de sabão, A arca dos marechais, O último mamífero do Martinelli* e outros. Teve inúmeros romances adaptados para o cinema e traduzidos. *Memórias de um gigolô* fez sucesso em inúmeros países, notadamente na Alemanha, e foi também filme e minissérie da TV Globo. Marcos venceu duas vezes o prêmio Jabuti; em 1995, recebeu o Troféu Juca Pato, como o Intelectual do Ano, e ocupa, desde 1986, a cadeira 17 da Academia Brasileira de Letras.

Depois de trabalhar muitos anos na TV, onde escreveu novelas para a Excelsior, Globo e Tupi, e de redigir roteiros cinematográficos, experiência relatada em seu livro *O roteirista profissional*, a partir de 1980 vem se dedicando também à literatura juvenil, tendo já publicado quinze romances do gênero, pela editora Ática. Desde então, como poucos escritores neste país, tem vivido exclusivamente das letras. Há seis anos assina crônicas na revista

Veja São Paulo, parte delas reunidas num livro, *O coração roubado*.

Marcos Rey, teatrólogo bissexto, escreveu a peça *A próxima vítima*, encenada em 1967, pela Companhia de Maria dela Costa; *Os parceiros* (*Faça uma cara inteligente e depois pode voltar ao normal*), e recentemente, *A noite mais quente do ano*. Suas últimas publicações foram *O caso do filho do encadernador*, autobiografia destinada à juventude, e *Fantoches!*, romance.

Os contos selecionados neste volume pertencem aos livros *O enterro da cafetina*, 1967; *O pêndulo da noite*, 1977, e *Soy loco por ti, América!*, 1978.

Marcos Rey faleceu em São Paulo em abril de 1999.

BIBLIOGRAFIA

LIVROS

CONTOS, NOVELAS E ROMANCES

– *Ferradura dá sorte?* (romance), Edaglit, 1963 [republicado como *A última corrida*, Ática, São Paulo, 1982].
– *Um gato no triângulo* (novela), Saraiva, São Paulo, 1953.
– *Café na cama* (romance), Autores Reunidos, São Paulo, 1960; Companhia das Letras, São Paulo, 2004.
– *Entre sem bater* (romance), Autores Reunidos, São Paulo, 1961.
– *Enterro da cafetina* (contos), Civilização Brasileira, Rio de Janeiro, 1967; Global, São Paulo, 2005.
– *Soy loco por ti, América!* (contos), L&PM, Porto Alegre, 1978; Global, São Paulo, 2005.
– *Memórias de um gigolô* (romance), Senzala, São Paulo, 1968; Companhia ds Letras, São Paulo, 2003.
– *O pêndulo da noite* (contos), Civilização Brasileira, Rio de Janeiro, 1977; Global, São Paulo, 2005.
– *Ópera de sabão* (romance), L&PM, Porto Alegre, 1979; Companhia das Letras, São Paulo, 2003.
– *Malditos paulistas* (romance), Ática, São Paulo, 1980; Companhia das Letras, São Paulo, 2003.
– *A arca dos marechais* (romance), Ática, São Paulo, 1985.
– *Essa noite ou nunca* (romance), Ática, São Paulo, 1988.
– *A sensação de setembro* (romance), Ática, São Paulo, 1989.
– *O último mamífero do Martinelli* (novela), Ática, São Paulo, 1995.
– *Os crimes do olho-de-boi* (romance), Ática, São Paulo, 1995.
– *Fantoches!* (novela), Ática, São Paulo, 1998.

- *Melhores Contos Marcos Rey* (contos), 2. ed., Global, São Paulo, 2001.
- *Melhores Crônicas Marcos Rey* (crônicas), Global, São Paulo, prelo.
- *O cão da meia-noite* (contos), Global, São Paulo, 2005.
- *Mano Juan* (romance), Global, São Paulo, 2005.

INFANTO-JUVENIS

- *Não era uma vez*, Scritta, São Paulo, 1980.
- *O mistério do cinco estrelas*, Ática, São Paulo, 1981; Global, São Paulo, 2005.
- *O rapto do garoto de ouro*, Ática, São Paulo, 1982; Global, São Paulo, 2005.
- *Um cadáver ouve rádio*, Ática, São Paulo, 1983.
- *Sozinha no mundo*, Ática, São Paulo, 1984; Global, São Paulo, 2005.
- *Dinheiro do céu*, Ática, São Paulo, 1985; Global, São Paulo, 2005.
- *Enigma na televisão*, Ática, São Paulo, 1986; Global, São Paulo, 2005.
- *Bem-vindos ao Rio*, Ática, São Paulo, 1987; Global, São Paulo, prelo.
- *Garra de campeão*, Ática, São Paulo, 1988.
- *Corrida infernal*, Ática, São Paulo, 1989.
- *Quem manda já morreu*, Ática, São Paulo, 1990.
- *Na rota do perigo*, Ática, São Paulo, 1992, Global, São Paulo, prelo.
- *Um rosto no computador*, Ática, São Paulo, 1993.
- *24 horas de terror*, Ática, São Paulo, 1994, Global, São Paulo, prelo.
- *O diabo no porta-malas*, Ática, São Paulo, 1995, Global, São Paulo, 2005.

– *Gincana da morte*, Ática, São Paulo, 1997.

OUTROS TÍTULOS

– *Habitação* (divulgação), Donato Editora, 1961.
– *Os maiores crimes da história* (divulgação), Cultrix, São Paulo, 1967.
– *Proclamação da República* (paradidático), Ática, São Paulo, 1988.
– *O roteirista profissional* (ensaio), Ática, São Paulo, 1994.
– *Brasil, os fascinantes anos 20* (paradidático), Ática, São Paulo, 1994.
– *O coração roubado* (crônicas), Ática, São Paulo, 1996.
– *O caso do filho do encadernador* (autobiografia), Atual, São Paulo, 1997.
– *Muito prazer, livro* (divulgação), obra póstuma inacabada, Ática, São Paulo, 2002.

TELEVISÃO

SÉRIE INFANTIL

– *O sítio do picapau amarelo* (com Geraldo Casé, Wilson Rocha e Sylvan Paezzo), TV Globo, 1978-1985.

MINISSÉRIES

– *Os tigres,* TV Excelsior, 1968.
– *Memórias de um gigolô* (com Walter George Durst), TV Globo, 1985.

NOVELAS

- *O grande segredo,* TV Excelsior, 1967.
- *Super plá* (com Bráulio Pedroso), TV Tupi, 1969-1970.
- *Mais forte que o ódio,* TV Excelsior, 1970.
- *O signo da esperança,* TV Tupi, 1972.
- *O príncipe e o mendigo,* TV Record, 1972.
- *Cuca legal,* TV Globo, 1975.
- *A moreninha,* TV Globo, 1975-1976.
- *Tchan! A grande sacada,* TV Tupi, 1976-1977.

CINEMA

FILMES BASEADOS EM SEUS LIVROS E PEÇAS

- *Memórias de um gigolô,* 1970, direção de Alberto Pieralisi.
- *O enterro da cafetina,* 1971, direção de Alberto Pieralisi.
- *Café na cama,* 1973, direção de Alberto Pieralisi.
- *Patty, a mulher proibida* (baseado no conto "Mustang cor-de-sangue"), 1979, direção de Luiz Gonzaga dos Santos.
- *O quarto da viúva* (baseado na peça *A próxima vítima*), 1976, direção de Sebastião de Souza.
- *Ainda agarro esta vizinha* (baseado na peça *Living e w.c.*), 1974, direção de Pedro Rovai.
- *Sedução,* Fauze Mansur.

TEATRO

- *Eva,* 1942.
- *A próxima vítima,* 1967.
- *Living e w.c.,* 1972.
- *Os parceiros (Faça uma cara inteligente e depois pode voltar ao normal),* 1977.
- *A noite mais quente do ano* (inédita).

ÍNDICE

Marcos Rey, arquiteto do conto bem urdido 7

Sonata ao luar 13

O enterro da cafetina 29

O casarão amarelo 45

O guerrilheiro 69

Traje de rigor 91

Eu e meu fusca 131

O locutor da madrugada 153

Mustang cor-de-sangue 165

O cão da meia-noite 199

Biografia 233

Bibliografia 235

GRÁFICA PAYM
Tel. (011) 4392-3344
paym@terra.com.br